酒ともやしと
横になる私

スズキナオ

第1章

比喩と
メールと
消えた友達

悪魔のしわざ

普段、腹を立てることがほとんどない。

それは決して性格が温厚だからではなく、怒ってもどうにもならないことがほとんどだからだ。それに、誰かを怒って暴力をふるわれたら絶対にされるがままだし……。

なので、少し怒りそうになったら酒を飲むなどの方法で回避している。

丸めたタオルを全力で布団に向かってぶん投げるのもスッキリするし、誰も傷つかないのでよくやる。ポスッという音しかしないのもいい。

そんな私だが「これは許せない！」と思わずカッとなってしまうのが「路上の空き缶専用のゴミ箱にスタバかなんかの飲み終えたカップを入れて去るやつ」である。

それらのカップは、底部から上部に向かって直径が大きくなっていくフォルムで、缶を捨てるために作られたゴミ箱の穴に対し、下のほうは入るんだけど上部の直径は穴より大きい。ゴミ入れ用の穴をカップが塞ぐ形になり、それ以上入っていかない。

で、犯人はそこで諦め、カップを穴にはめ込んだ状態で放置していく。

まず、缶専用のゴミ箱に缶以外のゴミを捨てていく時点で悪い。

だがそれよりも許せないのが、次の人が缶を捨てられないという点だ。

犯人は、自分の〝捨てたい欲〟を解消した上に、その後に缶を捨てたい人の未来まで奪っていったわけである。

また、そういったゴミ箱の周囲には、捨てようと思って捨てられなかった人々の放置した缶が大量に増えていく。

それを見たゴミ箱管理者は「もうこんなとこにゴミ箱置くのよそう……」と思い、ついにはゴミ箱が撤去されることになる。おそろしい負の連鎖。犯人、未来奪い過ぎ！

未来奪うやつ、嫌い！

というわけで、気が済んだので飲みに行ってきます。

距離と1円

大阪と東京を行き来する時、私はいつも深夜高速バスを使っている。

なぜなら、それが一番安いから。

大阪―東京間は深夜高速バスの本数もとても多く、各バス会社の競争が発生するためか、価格帯が幅広い。とにかく安さが売りというバスもあれば、居心地のよさを重視した高級バスもある。私はその中でもできる限り低価格なものに乗るのだが、安さだけを追求していけば、平日なら片道平均3000円台で利用できる。

3000円台という価格ですら、あまり深夜高速バスに乗らない人には「えっ！ そんな安いの？」と驚かれるが、先日、『ウィラー』というバス会社のキャンペーンで、片道550円というバスに乗ることができた。1km＝1円というキャンペーンらしく、限られた席数が対象になっていたのを運よく予約することができたのである。

で、それはよかったのだが、困ったことに、いつも乗っていた3000円台のバスが高く思えてきたのだ。私の中のバス代の基準が５５０円に引き下がってしまった。

３０００円もあれば5回もキャンペーン価格で行き来できるのに！ 悔しい……。というような気持ち。要するに人間が今までよりさらにケチになった。

私はよく買い物に失敗するのだが、これは買う必要なかったな……と思った時、それが２０００円のものだったら「まあ1回飲みに行ったと思えば」と心を落ち着ける。５０００円のものだったら「2回ぐらい飲みにいったと思えば」で、５００円のものなら「泥酔した勢いで深夜にキムチ牛丼でも食べたと思えば」と考える。

こういった心の中の物差しが、あのバスの価格破壊で脅かされている。

これからは買い物のミス等で２０００円を無駄遣いしたら「ほぼ4回は大阪—東京間のバスに乗れたぞ！」と強く後悔することになる。

「なんでそんなに東京と大阪を行ったり来たりしたいの？」と問われれば返す言葉はまっ

たくないのだが、550㎞も離れた場所に行けるって、なんかすごくないですか？　数字に迫力がある。

それに比べてライブハウスのあんな量のビールが500円！　パスタの量これだけで1500円？　家賃の契約更新料⁉　これって一体なんのための金なわけ？

考えただけで失神しそうだ。ああ、こうして自分の器がどんどん小さくなっていく……。

1年中が「鍋の季節」

もう4月なので暖かい。

暖かいといくらでも屋外で酒を飲むことができるので最高に嬉しいのだが、それはそれとして鍋ものが食べられなくなるのは嫌で仕方ない。

いや、「自分で勝手に食べればいいじゃん、鍋」と言われるだけなのはわかっているのだが、そういうことじゃなく、「鍋の季節」じゃなくなるのが嫌なのだ。居酒屋に入っても鍋料理はメニューから消えている。みんな、何事もなかったかのように冷たいキュウリとかトマトにかぶりつくのであろう。

しかし、冬だから温かいものが食べたい、夏だから冷たいものが食べたい、っていうような単純な思考で本当にみんな現代を生きているのだろうか。悪役レスラーみたいなコワモテのパティシエとか、さも仕事してます的な表情をしつつ会社のパソコンに向かい、実はとんでもない下品なワードで検索してるやつ、などが溢れているのが本当の世の中。人の思いはもっと複雑なはずだ。

そもそも冬が鍋の季節なら夏はなんの季節なのか。「バーベキューの季節」だろうか。バーベキュー、めちゃくちゃ熱いけどいいのか？　食材を、火でものすごく執拗に焼いてるのに！　焦げるほどに！

逆に冬だってみんなアイス食べるでしょうに！　焼肉屋でシメの冷麺食べるでしょうに！

何が言いたいかというと、私は気候に関係なく年中ずっと鍋を食べ続けたいから「鍋の季節も終わりだね」なんて悲しいこと言わないで、ということです。よろしく頼むぜ！

千円カットで時間を巻き戻す

お金がないから髪を切るのはもっぱら千円カットだ。

チェーンだと『QBハウス』が最大手だろうか。最近、千円ではさすがにコストカットし過ぎなのか、どこも数百円値上がりしているみたいだが、そういった価格帯の店を総称するには今のところ「千円カット」という呼び名が一般的だと思う。

そういった店を利用したことがない方は想像しづらいかもしれないが、細部までマニュアル化して極限まで効率化を進め、客1人にかける時間を10分~15分程度に抑えることでこの低コストを実現させている。そのため「なんとなくいい感じの髪型でお願いします」といったようなニュアンス重視のオーダーには対応してもらいにくく、おそらくそう注文したところで、黒いヘルメットをかぶったようなヘアスタイルにされることだろう。

もちろん行くほうもそれを承知して行く。ニュアンス的オーダーでお店の人を困らせぬよう、席に座って順番が来るのを待っている間に自分がどんな髪型にしたいのか、何度も頭の中で言葉にしてみる。「横は耳が半分出るぐらい、後ろは襟足が跳ねない程度に短く、前髪は眉にかかるぐらいで！」といつでもすぐ言えるように。

それでも時に、そういった準備がまったく意味をなさなくなる瞬間がある。例えば店員にこう聞かれた時だ。

「何か月分、切ります？」

……自分が今〝何か月目ぐらいの状態〟なのか、考えておくのを忘れた。まさか時間を単位にして髪を切るシステムがあるとは思いもよらなかった。

「……1か月で」

と答えるしかない。それ以上、時間を巻き戻すのは怖いから。

仕事ください

この前、両親の生まれ故郷である山形県に久々に行ってきた。

突然行ったにもかかわらず、「よく来たなぁ」とビールを出して迎えてくれる親戚。

子どもの頃からお世話になってばかりの、大好きな人々である。

みんなでお酒を飲んで寝た翌朝、朝ごはんを食べ終わると、私の父の兄であるタカシさんが竹ぼうきや枝切りバサミを持って待っていて「泊まったんだから墓の掃除手伝ってけろ」と言う。

お墓は裏の山を登っていったところにある。先祖の墓は秋から冬にかけての落ち葉や枯れ枝に埋もれている状態で、それをタカシさんと2人で黙々と掻き出していった。それほど広い墓地でもないが、腰をかがめて細かい部分の葉っぱを取り除くうち、気づけば汗だくに。

作業が終わると、せっかく来たしと、お墓のある山の頂上を目指した。ほとんど手の入れられていないやぶの中を歩くこと15分、小さな山なのですぐ頂上につく。そして小さな山なので全然眺望はよくない。変な虫にも刺された。

「二日酔いには汗かくのが一番効くんだずー」と言うタカシさんと家に引き返しながら、ここに来ると、いつもこうして子どもの頃から色々手伝わされたことを思い出した。宴会するからといって大きなテーブルを運ばされたり、「大五郎」みたいなデカい焼酎の空きペットボトルに湧き水を汲みに行かされたり、やたら色々やらされる。でもそうやって何かを手伝わされるのがなんだかすごく嬉しいのだ。

その家の子どもたちと分け隔てなく仕事を割り振られると、ほんのり感じていた「よそ者感」が消えていく。自分にも正式に居場所が与えられた感じがする。

仕事をするということが関係性を近づけることもある。確かに自分はその仕事によって救われてきたなーと、そういうようなことを考えながら、今日も平日の朝から酒を飲んで寝たりしている。

宇宙空間とカレー麺

ツタヤで『インターステラー』という映画を借りてきた。

地球全体が飢餓の危機に瀕しており、主人公は人類の絶滅を回避するため生存可能な環境を探そうと宇宙に向けて出発する。当然だがそれは並大抵なタスクではなく、ワームホールという時空の歪みを通って遥か遠くへ移動したり、とんでもなく過酷な環境の星に着陸してデータを収集したり、意地悪なやつが現れたり、みたいな色々大変なことがある。

それは一旦おいといて、この映画を私が見た日がちょうど家の水道工事の日で、かなり長時間断水することになっていた。朝9時から夜までまったく水が使えない。

で、映画なのだが、これが上映時間が169分もある大作なのだ。途中で腹が減ったので一時停止して何か食べようと台所へ。

さて、困ったことに水を使わずに調理できるようなものがない。財布の中を確かめたが外食できるほどの金もない。

冷凍ごはんでもあればなんとかできそうだが、ちょうど切らしていた。

色々考えた結果、鍋のシメ用に昨年の冬から買い置きしてあったスープなしのインスタント麺をまず茹でることにした。まったくないと思っていた水だが、魔法瓶の中にほんの少し残っていたのだった。そのちょっとの水を鍋に入れ、乾麺を茹でる。乾麺は半身浴ぐらいにお湯から体が飛び出ている状態だが、なんとか箸でグニグニ掻きまわして茹でる。

茹であがった麺をザルで水切りする。戸棚の奥で見つけたレトルトのインドカレーの封を切り、そこにぶっかける。そして電子レンジを使い加熱。インドカレー麺のできあがりだ。

それを食べながら再び映画鑑賞を開始する。絶望的な状況をなんとか打開していこうと苦闘する主人公。最愛の娘との再会を果たすために地球への帰還を目指すが、燃料不足のためその望みも絶たれてしまう……。

それを見ながら食べているインドカレー麺が驚くほどおいしくない。麺の茹で方も失敗しているし、レトルトカレーが酸味の強い本格的なインド味のやつだというのもよくない。全然麺の風味と合わないのだ。「まずいなー」と思いながら惰性で食べるのだが、しかしこれが不思議と映画との相性はいいのだ。

様々なピンチを乗り越えていく主人公と、水がないという絶望的な状況からなんとかしてインドカレー麺を作り上げた自分が重なり合う。そしてそれがまったくおいしくないという状況も、なんかリアルである。宇宙船の乗組員が食べてるものだってきっとうまいものじゃないだろう。俺も一緒に頑張ってる！みたいな気が少ししてきた。

そんなわけで、食事を通じて、より作品に入り込むことができたのだった。皆様にもぜひおすすめしたい。宇宙を舞台にした映画を家で見る時はできるだけ粗末なメシを食おう！ そうすることで宇宙空間が少し身近に感じられるのだ。

あと今さらですが、『インターステラー』すごいっす！ 圧倒的な映画でした！

メール誤送信

この前、ゾッとすることがあった。

私は日常の中で何かメモしたいことが発生した時、ケータイのメール機能を使って書き残すようにしている。

みんなもそうですか？

私のやり方は、誰かからきたメールに対して返信する形でメールを作成し、そこにダラダラ書き連ねていって、「未送信で保存」にしておく。私のケータイだとこの方法が一番スムーズなのだ。

書き足したい時はまたそのメールを開いて元の文章の末尾に付け加え、上書き保存する。というように、継ぎ足し継ぎ足しで色々なことをメモしていく。

あまりに文章量が増えてごちゃごちゃになってきたらたまに別のメールを作成して書き足していくという感じ。

内容はというと、

くだらない思い付き。

ポエム。

友達の印象的な発言。
本屋で立ち読みして今度買おうと思った本のタイトル。
今度行ってみたい居酒屋とかラーメン屋。
コンビニの雑誌棚で「おっ! 可愛い」と思ったグラビアアイドルや女優。
友達からおすすめしてもらったAV女優の名前。
などなど。

そういったものがズラズラ書いてあるメールを、ふと、誤って送信してしまった。
相手はそれほど深い交流のない異性である。

前述の通り「誰かからきたメールに対して返信する形でメールを作成」しているので、送信ボタンをワンプッシュするだけで即送信完了となる。

しばらくして送信相手から返事がきた。
「削除しておきますね(笑)」とあった。
察しのいい人だ。

あの、誤って送信ボタンを押した時のギューーッと時間が捻じ曲がるような感じ。
世の中にはもっと大規模な、事故と言っていいレベルの「誤送信」が多数あるだろうが、みんなあのギューッとした異次元感覚を味わったのだと思うと、今すぐその人たちと酒でも飲みに行きたくなる。

カメラと肉眼

当コラムを書くにあたり、最近の自分のぼやきを思い返してみたが、これといって明確に文章にできるものが思いつかなかった。（注：この原稿はもともと『鈴木のぼやき』という連載名で書いていたものなのです）

ちょうど友達とスカイプで話していたところだったので、「最近ぼやいてる？」と聞いてみた。「ぼやいてるよ～！ 常にぼやいてる」と友人。これで書く題材がもらえると思って「どんなぼやき？」とさらに聞いてみる。すると「どんなってどういうこと？」と言うので、「○○がこうだったから嫌だった、とかさ」と言ってみた。

すると友人は「ぼやきってそんなに理論的なものだろうか？」と言う。

確かに……。ぼやきがもし明確な形を持っていたらそれはすでに「主張」かもしれないな。

もしぼやきの競技会のようなものがあったら、明確さは減点対象。上位入賞者はみな、「だから結局何が言いたいんだよ！」と思わず観客が身を乗り出してしまうようなぼやきばかりを延々繰り出すのだろう。

次回はいいぼやきを繰り出せるよう精進します。

ぼやきではないのだが、最後に今ふと思い出した話を。知人から聞いた、アイドルオタクの話。知人が音楽イベントを見に行ったら、出演者の中の1組にアイドルがいたという。知人はそのアイドルのこと自体はよく知らなかったが、それを目当てにして来たファンたちが大勢いるのは雰囲気でわかった。

そのライブは撮影が自由ということだったので、前列にはデカいカメラを構えた人が大勢いる。で、知人はそのカメラを持ったファンたちを横目で見ていて「おっ！」と思った。彼らはファインダーをのぞかず、カメラを胸のあたりに構えながら撮影して、肉眼でもちゃんとアイドルを見ていたのだ。

写真も撮るが肉眼でも見る。ちゃんと肉眼を大事にしているところが、なんだかグッとくる。知人からその話をきいて、ちょっといいなと思った。

駅のエスカレーター無法地帯

これをどのように言葉で伝えればいいのか途方に暮れているのだが、電車のホームでいつも疑問に思っていることがある。

電車が駅に到着し、私の乗っている車両のドアが開いた。そのドアが改札口へと向かう上りエスカレーターの目の前だったとする。そこから降りた人はすぐにエスカレーターの列に並ぶ。

どんどん列が伸びていって、それでもエスカレーターに乗りたい人は最後尾に並ぶ。

そうやって行列が出来ているにもかかわらず、エスカレーターの乗り口の手前の車両から降りた人がグイッと入ってくるのである。

ダメだ全然うまく言えない……。

左ページの図を見ていただきたい。

こういう場面、多くないでしょうか。しかもなんとなく、それはアリな雰囲気になっているのだ。

まあ確かに割り込む側にしてみれば、たまたま車両の運が悪かっただけであの列に並ば

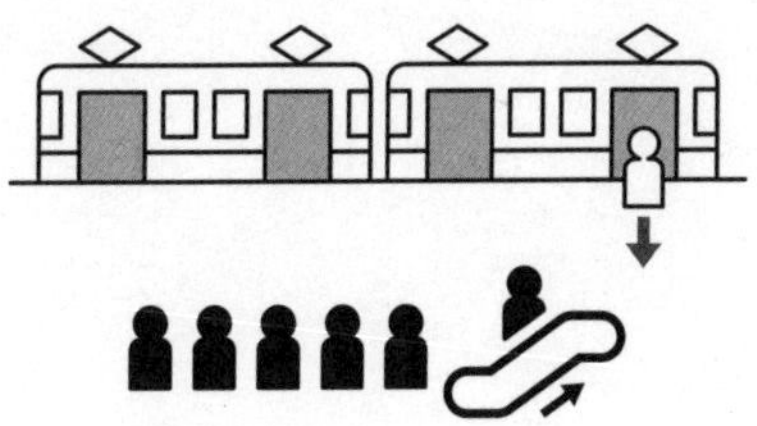

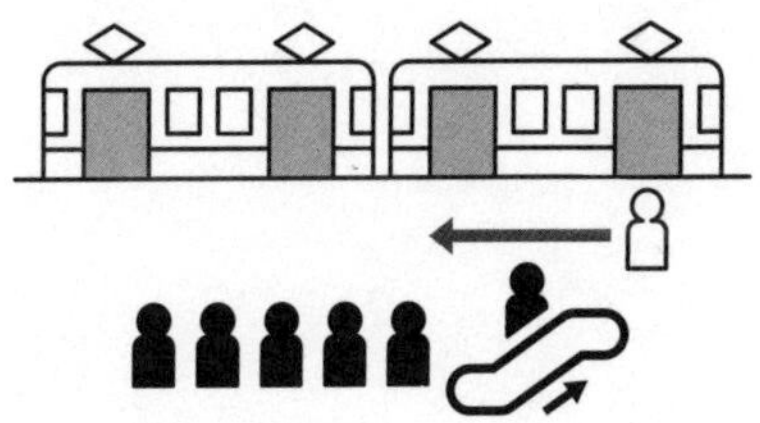

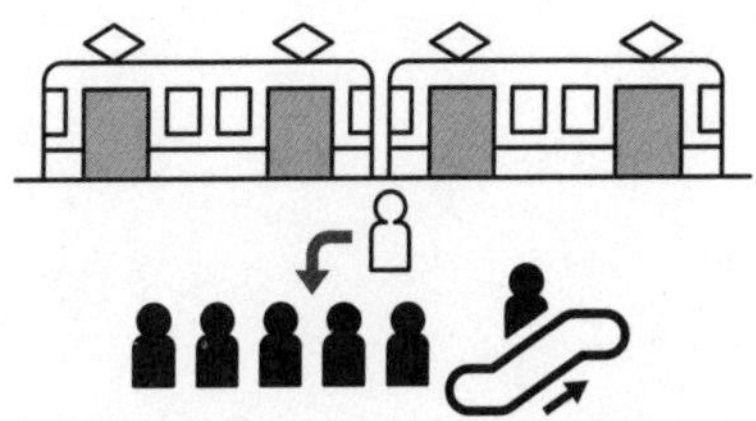

なきゃいけないのかよ……という思いがあるんだろう。俺は悪くないのに、みたいな。

でも、それはどの車両の人も一緒！　ガマンして！

階段を使うのがおすすめです。階段を軽快にスイスイと上がっていくあなたの後姿を、「かっこいい！」と誰かがうっとり眺めていると信じていこう！

野菜って何？

ラーメン屋に入った。その店はトッピングに「野菜」というメニューが用意されている。

私はたまに麺と野菜を一緒にムシャムシャと食べたい衝動にかられるのだ。

野菜がたっぷり入ったラーメンって、なんか健康面への罪悪感も薄れてよくないですか？

でも、そう思う人間は少数派なのか、大阪のラーメン店で野菜がモリモリと乗っかったようなのってほとんど見ない気がする。だからそんな気分の時はリンガーハットで『野菜たっぷりちゃんぽん』を食べるか餃子の王将で『味噌ラーメン』（けっこう野菜がたっぷり入っているので）かなんかを頼み、気を紛らわすのである。

という風に日ごろから「ラーメン＋野菜どっさり」という組み合わせに飢えているため、ふらっと入った店に「野菜タンメン」があったり、「野菜マシできます！」などと書いてあったりしたら胸がときめく。

そして今日、ふらっと入ったラーメン屋で無料トッピングに「野菜」の文字を見つけて喜んでオーダーしたのだが、厨房をぼーっと眺めていて驚いた。これから私のラーメンに乗っけられるであろう「野菜」は、大量のもやしと、そしてなんと白菜をビックリマンシール大にカットしたものが３枚ほどだったのである。

ここでまず驚いたのは、「もやしだけなら『もやし』だけど、そこに白菜が１枚以上でも入れば『野菜』だよね」という、その店の「野菜観」だ。それだったらいっそのこと、もやしオンリーでいいよ！　と思わずにいられない。実際、その後ラーメンを食べていてどんぶりの中に白菜を発見することはできなかった。あまりの小ささに消失したと思われる。なんだよあのほんの気持ちだけの白菜は……。

と思いつつ、私は自分自身が試されていることも感じ始めていた。この文章では冒頭から「野菜」「野菜」とうわごとのように繰り返しているが、「お前の言う野菜ってなに？」と思われた方もいるのではないだろうか。今そう考えてみると、自分の「野菜観」がまったく確立していないことに気づく。もやしと……白菜かキャベツ……あと、玉ねぎ？　と、せいぜいこの店の「野菜観」に1品加えるぐらいが関の山。

野菜……野の菜。野ってことは大地か。まあ大地に生えてるものは全部野菜ってことでいいっす！

というか、今日食べたラーメンのもやし、けっこううまくて大満足でした！

死んだほうが早いのか

「元も子もない」という言葉がある。

辞書では〝元金も利息もない。すべてを失って何もないという意味〟とある。

一方で「身も蓋もない」という言葉がある。

辞書では〝表現が露骨すぎてふくみも情緒もないこと〟とある。

この2つ、似すぎじゃないだろうか？

いや、意味が違うのはわかるのだが、語感とか構成がそっくりじゃないか。

なので絶対私は言い間違ってしまう。

「とほほ。そんなこと言ったら元も子もないね」と言う時、なんかいつもすっきりしなくて、なぜかと考えると「身も蓋もない」と言いたかったことに後で気づく。

しかも、別にそんなに困らない程度の間違いなのである！

さらには、あんまり使う機会もないのである！

だが、人生においてこれまで「それじゃあ、身も蓋もないよね！」とか言えるチャンスが

10回はあったと思うのだが、すべて「元も子もないよね」と言い間違ってきたことには確信がある。

どうしても覚えられないのだ。脳の回路に焼き付いちゃっていて治らない。

「イースト」と「ウエスト」もどうしてもどっちだったかわからなくなる。

調べれば正解はすぐわかるのだが、頭の中で、どうしても「イースト」のほうが西っぽくなってしまっていて、もう治らない。

焼き付いてしまっているのである。

イメージとしては、潜在意識の谷底に降りていって、その一番底に根を張ってる「元も子もない」や「イースト」をグッと引っこ抜いて、また正しく植え直さない限りダメ、という感じなのだ。

で、同じように、誤ったところに植わってしまった根が谷底のそこかしこに存在するのだ。

「ハンバーグ」が食べたいのにいつも最初「ハンバーガー」と言ってしまう。

「兵庫」と言いたいのに「神戸」と言ってしまう。

私の足の親指は巻き爪で、たまに痛む。

治せばいいのだろうが、治療に時間がかかりそうだし、なんせたまに痛む程度なので、なんか色々するより、このまま死を待つほうが早いんじゃないか、と思う。

そういう感じで、谷底の根っこたちも、もうこのまま引き連れていくほうが楽だ。今更これを全部引っこ抜いて植え替えるなんてもう無理無理無理！

と、親指の爪を見ながら思うのだった。

本当のオシャレは服なんか気にしない

真冬が来るのに備えてダウンジャケットを買いたいと思い、ここ数日ずっと通販サイトとかネットオークションを見ていた。

ダウンとなるとけっこう高くて、新品は買えそうもないので古着でちょうどいいものがないかと色々探していたのだが、これはまあまあいいと思ったらサイズが違ったり、なんか肩のところに余計なマークがついていたりして簡単に見つからない。

夜中眠くなって限界がくるまで何日かそんなことを繰り返していて、「なんてオシャレじゃないんだ俺は」と思った。

ちまちまとネットで服を探してる行為ほどオシャレから遠いものはないのではないだろうか。

それの対極にあるのが「お母さんが買ってきた服」であろう。

自分は高校の中頃まではファッションに対する興味など微塵もなく、母親がセールで買ってきた服を着ていた。

その頃の写真を見ると、いつも似たような地味なチェックのシャツとかを着ているわけなんだが、今思えばそれはそれで潔いものがある。

高校2年の後半になり、ヒップホップ好きの友達に「お母さんの選んだ服はやめろ」と言われて、渋谷の服屋で4万円ぐらいするダッボダボの真っ赤なダウンを買ったのだが、あのダボダボの自分とそれ以前の自分のどっちがダサいかと考えると、ダボな俺であろう。

自分で選ぶという行為は、それだけで野暮ったさを含んでいる気がする。

だからここ最近は商店街を歩いている60代後半〜70代ぐらいのおじさんの服に目が留まる。

みんな大抵、自我がほとんど感じられない、誰かに選んでもらったかのようなさらっとした着こなしでよい。

早くあの境地にたどり着きたい。

そう思いつつ、やはり今日も町でオシャレな人とすれ違っては、あんな上着がほしいわぁと思ってしまうのであった。

私のカッコいい瞬間

家で昼ごはんにインスタントラーメンを作って、録画してあったテレビ番組を見ながら食べる。

テレビとＤＶＤレコーダーのメーカーが別でリモコンがそれぞれあるので、両手に１つずつ持って電源ボタンを押す。

その瞬間、２丁拳銃っぽくてなんかカッコいい、と思う。

このように、誰も見てない自分の日常の場面の中に、実はかなりカッコいい瞬間が色々あるのではないかと最近思えてきた。

別の日には、そうめんを茹でて食べようとガスコンロの前に立っていて、お湯が沸いたので鍋の中にそうめんを１人前分投入しようとしたら、１本だけ鍋に入らずに床に落ちた。

落ちた１本のそうめんに念のためふーふーっと上から下まで素早く息を吹きかけてキレイにしている時、『必殺仕事人』でこういう細い棒のようなもので人を殺すやつがいたような気がしてきた。

全然そんなやついないかもしれないので調べるのはやめるが、とにかく真剣な目で細い棒に息を吹きかける瞬間。これもまたカッコいい。

あと、トイレで便座に座り、後ろに手を伸ばしてレバーをひねって水を流そうとしている時、なんとなく武将が馬にのって鞭を入れているような姿勢になっている。

これもまた日常の中の勇壮な場面である。

最近、真っ黒いジャージを寝巻きにしているのだが、この格好で夜中に起き出してトイレに向かって足音も立てずに静かに歩いていくところなど、見る人が見ればほとんど忍者であろう。

あられもない日常の姿の中にも、ふと無意識にカッコよくなってしまっている瞬間があるものだ。ぜひ、誰かにそんな私の姿をカッコいいと思ってほしい。

味のない町

正月早々、胃腸の調子がおかしくなった。

病院に行ったが「胃腸炎ですね。2、3日我慢してください」と言われ、かんたんな整腸剤（薬代が驚くほど安く、大した薬じゃないことがそこから伝わってくる）を出されるのみ。

胃腸炎というのはウイルス性であれなんであれ、消化にいいものを食べ、水分をよくとって安静にしているしかないらしい。まあそういうものなんだろう、と思って覚悟を決めたのだが、断れない約束があったりして町へは出ざるを得なかった。

一番不調だった時は、食欲はまったくなく、それどころか料理屋の前を通って揚げ物の匂いがしてくるだけで気持ち悪い状態。そしてそうなって思ったのが「町歩いてもなんも楽しくねえ……」ということであった。

試しに町の中から飲食に関するものを一切消し去った状態をイメージしてみてほしい。吉野家なし、ラーメン屋なし、立ち食いそば屋なし、マクドナルドなし、ドムドムなし、定食屋なし、和民なし、鳥貴族なし、スナックもバーもなし、コンビニもスーパーも飲食に関する棚全部撤去……。

町から飲食に関するものをすべて取り払ったらパチンコと風俗店しか残らないのでは？あとは工場ぐらいか。灰色の町をただださまよいながら、人間はメシと飲み物でできてるんだなと強く感じた。

今年1年、丈夫な胃腸でありますように。

おでん列車の監禁地獄

鉄道会社の企画でたまに、平常時のダイヤとは別に特別車両を走らせ、その中で食事やお酒が楽しめたりする催しがある。

私もテレビのニュースなんかでよくそういうのを見ては「いいなー絶対楽しいなー行きたいなー」と思っていたが、たいていニュースが放映される時にはすでに予約が埋まっている。次回は見逃さないぞと決意するのだが、しばらくすると決意したことも忘れてしまい、またニュースを目にして思い出すというような日々を過ごしていた。

しかし先日、ライター仕事の取材でそういった電車に乗れることになった。貸切車両でおでんやお酒を楽しみながら、2時間あまり電車に揺られるという最高のイベント。夢のような話である。

意気揚々と乗り込んだが、よく考えたらあくまで私は取材する係として参加しているので、料理やお酒が楽しめるわけではなく、座席も満席なのでずっと立ったまま楽しそうにお酒を飲む人の顔を凝視し続けるのみ。おでんのだしのいい香りを吸い込むのみ。

それが2時間……。

まさに生き地獄。今まで経験した中で最もハードな仕事となった。

下車して担当の方に手短に挨拶を済ませ、駅の売店で発泡酒を買ってその場で一気に飲み干したことは言うまでもない。

キップをなくしたら

大阪と東京をよく行き来するのだが、お金がないのでいつも深夜高速バスに乗る。

深夜高速バスは平日に一番低ランクのものに乗ったら片道3000円ぐらいなので大変助かる。だが、窮屈な席で8時間ぐらい縮こまって寝なければならず、とても疲れる。

つい先日乗った時は、同じ便に乗ろうとするサラリーマン2人組が「ああー死にたくねーよー」と口々に言っていた。少し前に高速バスの事故があって、それを受けて言っているらしい。まあ確かに安いバスにはなんとなく「いつ死んでも文句は言えない」という殺伐とした雰囲気が、あるにはある。

私の大阪—東京間の移動はたいてい深夜高速バスなので、たまに何かの幸運で新幹線に乗れる時は本気で嬉しい。窓にべったり顔をくっつけて「外だー!!」とはしゃぐ子どものような気持ちになる。間隔の広い席。窓から見える飽きない景色。お酒を飲んだり駅弁を食べたりしていい気ままな雰囲気。適度な乗車時間。どこをとっても最高！ 夢の乗り物！ 人類の叡智の結晶！ 本気でそう思う。

ちょうど今日、東京から大阪へ向かう新幹線に久々に乗ることができた。（とはいっても、のぞみ号じゃなく、各駅停車のこだま号に乗る『ぷらっとこだま』という格安プランで、東京―新大阪間を4時間ぐらいかけてゆっくり行くやつである）。

缶ビール飲んで本読んで、寝て、ふと起きて窓の外を見て、ちょっと感傷的な気持ちで窓からの景色をスマホのカメラに収め、また本読んで寝て、隣の席には人がいないので快適に体を伸ばして「最高だ～！」と、至福のひと時を満喫した。このまま永遠に乗っていたい……そう思っていたが新大阪に着いた。

「さてと、気持ちを切り替えて現実に戻ろう」と思ってポケットを探って驚いたのだが、キップがない。リュックの中身を掘り返してもない。

窓口の駅員さんに話してみると「その便での落としものは今のところ報告されてない、つきましては全額払ってもらうことになる」と言う。

「さっきまで持っていたので、探してもらえれば絶対どこかに落ちてるはずです！」

「全車両の点検は明日以降にならなければできないため、とにかく今はキップなしで出場させることはできません」

「途中で車掌さんにキップを確認され、その時はちゃんとあったのです！」

「そこでの確認がＯＫだったとしても、あれはキップを持っていた証拠には当たらない」

とやりとりが続き、

「とにかく今お金を払わないと出られません」

と言われてしまった。しかし財布の中に正規の新幹線運賃をカバーできる額は入っていない。

「お金がないんです！」

「クレジットカードやキャッシュカードでおろしてください」

「カードを持たない主義で、何もないんです！」

「じゃあ、だれか知り合いとか友達とかにここに来て払ってもらうことはできませんか？」

「すぐ来てくれるような友達はいないんです。引っ越してきたばかりで……」

と、話しているうちに「あ、自分は何もない人間なんだな」と思って心底悲しくなってきて、本当に目頭がじんわりうるんできた。

すると駅員さんから、「もういいです。とにかく明日車内を点検しますので、今は一度出てください」と言われ、身分を証明した上で一旦解放されることになった。キップは見つかるだろうか。それも心配だが、こんな時に飛んで来てくれる友達がこの先見つかるだろうか、それも心配だ。

眠っている間にデータを吸い出される

ここ最近、体調をすっかり崩して横になってばかりいた。

復調まで長い時間がかかりそうだったので、とにかく眠り続けることにした。とはいえ皆さんどうだろう、思いっきり寝ようと思ってもせいぜい10時間～12時間ぐらいが限界じゃないだろうか。

眠り続けるのにも限界がある。そこで私は目が覚めたら酒を飲んでその力でさらに眠り続けることにした。

そうすると断続的にではあるがまたもう少し眠れる。起きて食欲が少しある場合はラーメン煮て食べてまた眠る。

そんな感じでかなり睡眠時間を稼いでいたのだが、そうなってくると生きてる実感が薄らいでくる。夢の中でのほうが活躍してる感じ。

そもそもこの睡眠ってシステム、おかしくないだろうか？　私のような人間はまあいいとして、どんなにアクティブなビジネスマンも毎日何時間かは眠らないといけない。彼らにとっては眠る時間が非常に惜しいんじゃないだろうか。それでも眠らなきゃならないこの体の仕組み。

もしかして、私たちは眠ってる間にどこかへその日の記憶データを強制転送され、そのデータを解析している宇宙的ななんらかの組織があり、そのビッグデータでなんかをどうこうしようとしてるんじゃねーの！ と安っぽいSF的な妄想が膨らんだ。だとすると、より多くの記憶データを転送できる検体のほうが向こうにとってはありがたいわけで、ということはこの四六時中眠りまくっている俺はかなり宇宙組織に貢献してるんじゃねーの！

と、思ったんだけど、一日中寝てるだけの人のデータなんかいらないか……と考え直した。

調べてみると有名人の中にもめちゃくちゃ眠る、いわゆる「ロングスリーパー」がいるんだそうで、例えば力士の白鵬は、夜間に10時間、昼寝を6時間、計16時間も眠るらしい。それで横綱だというんだから、これは宇宙組織にとっては相当に貴重な検体であろう。

アインシュタインとかタイガー・ウッズなんかもロングスリーパーだというのだが、しょせんは10時間ぐらいしか寝ないらしい。私から言わせれば〝普通〟の範疇だ。

ああ、早く24時間眠る技術を身につけてただただ眠っているだけになりたい。そう思いつつも、どうやって練習すればいいのかまったくわからなくて困っている。

ラジオが上手に聴けなくて

ラジオが好きだという人がうらやましい。

面白い番組があるのはわかるので、自分も何度となくラジオを好きになりたいと思ったのだが、ラジオを聴いてる時に何をしていればいいのか、どうしてもわからないのだ。

作業をしながら聴くという人の真似をして、仕事をしながらユーチューブに上がっているラジオの録音を流してみたところ、完全にそっちに意識が向かってまったく仕事が進まなくなった。

おそらくラジオを聴きながら仕事ができる人は、ラジオの中でなされている会話をちょっとぼんやり、話半分に聴きながらメインの作業に集中する術を心得ているのだろう。

私はそれができないため、ラジオを聴いてる間は何もできない。情報量のまったくない壁、天井、床、そういったものを眺めているぐらいしかない。

唯一、布団に入って寝ながら聴くというの

が一番しっくりくるのだが、当然のことながらすぐ眠ってしまい、少ししか聴くことができない。

と、書いていて思ったのだが、酔っ払って終電に乗って寝過ごし、2~3時間歩かないと家にたどり着けない場合が最高なんじゃないだろうか。夜道をとぼとぼ歩きながらのラジオ。気分も明るくなりそうだ。間違いない。

さあ、ラジオのMP3データをケータイに入れて、あとは寝過ごすまで酒をあおるだけだ。

インチキ新書の宴

書店に行ったらホリエモンが書いた『99%の会社はいらない』という新書が並んでいた。

こういう新書の「えっ⁉ 今なんて言った?」と思わせるようなタイトル、なんだかあざとく思える。

いや、売れるために人の注意をひくのは大事だし、現に自分も「え⁉」と思わされているので効果的なのだろうけど、「ぜってえ買わねえ! その手にゃのらねえ!」と思ってしまう。

ちょっと前によく見た『人は見た目が9割』っていう本とか。

でもそういう新書のタイトルを適当に考えるのは好きだ。思わず手に取ってしまいそうなやつ。

例えば……

『カップラーメンを食べると100歳まで生きる』
『上司の言うことは一切聞かなくていい』
『部屋は汚いほうが偉い』
『まったく働かない人が天国に行く』
『日本でモテない人はフランスでモテる』
『優先座席には真っ先に座れ』
『借金は踏み倒せ』
『本気でお金を拾うだけで生活できる』
『スイカは盗んでも犯罪にならない』
『お菓子ばっかり食べると頭がよくなる』
『人間は横になっているのが正しい姿勢』
『尻は実は拭かなくていい』
『大人も人前で泣いていい』
『暇な人間が歴史を作ってきた』
『お年玉は50歳までもらえ』
『嫌いな食べものは残していい』
『ラーメンこそが完全な料理』

『人の話は適当に聞け』
『割り勘の時、少なめに出せ』
『彼女の家に転がり込め』
『野菜を投げて遊べ』
『何をしても許される術』
『信号を守っているやつは何をやってもダメ』

などというタイトルの新書が書店に並んでいたら、と思うとなんだか楽しくなるのであった。

ボウリングが上手にできない

この前、すごく久々にボウリングをしに行った。ボウリング場に行くとけっこう心がウキウキする。

それで、窓口で料金を見ると予想の1・5倍ぐらい高くて驚く。しかしそこまできて引っ込みもつかず、1ゲームだけやることにする。

で、一投してみて「あっ」と思ったのだが、頭の中の自分のイメージより、実際は全然ヘタだった。

しばらくやらないうちに、なんとなくそこそこ上手なイメージができあがっていた。

不思議なことだ。

やる前は「100ピンを下回ったら恥ずかしいな」ぐらいのつもりでいたのに、終わってみればトータルのスコアが80ちょっとであった。

なんかスカッとしないまま帰路につき、その途中でふと思い出したことがあった。

中学生の時、親が床屋さんをしている友人がおり、その地域の理容組合の主催するボウリング大会に、友人についていく形で自分も参加した。大会といっても、参加者は全部で30人程度だったと思う。

友人にとっては、自分の親が理容組合員なわけだから参加していてもなんら不思議ではないが、そのまた友人である自分は、他の大人たちからしたら「え? キミだれ?」といった存在なわけだ。

だけど暇だったのでちょっと強引に参加したんだと思う。向こうも「まあ子どもが1人2人増えるぐらい賑やかでいいじゃない」と受け入れてくれたんだろう。

中学生には大きなハンデが与えられ、とり

あえずピンを何本か倒していきさえすれば、図書券千円分などをもらえるような条件が設定されていたのだが、その時の自分は一生のうちで一番ボウリングが上手なタイミングだったらしく、ストライクを連発し、なんと大会の優勝者となったのだった。

すると、大人たちの間になんとなく困ったような空気が流れた。

「子どもにハンデあげすぎだよ」「誰が決めたのあれ」「子どもが優勝しちゃったよ」「っていうかあれ誰？ どこのお子さん？」

みたいな感じになりながら、私は優勝賞品である「食器洗浄機」をもらったのである。食器洗浄機、中学生男子が最も必要としない機械であろう。

それでも私は、これを持って帰ったことで、相当親に喜ばれるんじゃないかと思い、意気揚々と帰宅した。

しかし、困ったのは親である。

情けで参加させてもらったボウリング大会で空気を読めずに高額な品をもらってしまったということで、すぐに賞品を返却することになった。もちろん返すと言われたほうも「いやいやそんな、いいんですよ、まあそんな」という感じだったろうが、「うちでは使わないのでー」みたいなことを理由に返してきたようであった。

すごくショックを受けたわけではないけど、なんだかどよんとした気持ちになったのを覚えている。

私のボウリングは、どうやらいつもスカッとしないみたいだ。

誰でもいつか受容する

先日、公園でピクニックをしている最中に、友達の持ってきていた果物ナイフを持つ右手がすべり、左手の中指を14針縫うケガをした。

病院で縫ってもらってから2週間ほどは包帯グルグル巻きで、傷口を濡らさず、無理に動かさぬよう医師から言われ、不自由な暮らしとなった。

神経も傷つけてしまったらしく、中指の先のほうは感覚が鈍いままで、どうもこれは一生このままらしい。

そんなケガだったので、当初は「ったく！　なんであの時もっと注意しなかったんだ！」という自分への怒りや、「いいよな〜！　元気いっぱいの若者たち！　いま最高に楽しいでしょうよ！」みたいな、幸福そうな人々への嫉妬などが湧き起こったのだが、それがある時ふいに「受容」という時期へ進んだ。

絶えず微笑みながら「うんうん、みんな元気で素晴らしい。みんなケガに気をつけて明るく元気に過ごしてほしい」みたいな気持ち。友達に「何？　なんか不気味なんですけど」と言われるほどのニコニコ状態。

この、「否認」から「受容」へ至る過程は〝余命何年〟という宣告を受けた大病の患者の方なんかも同じらしく、「否認」→「怒り」→「取引」→「抑うつ」→「受容」という5段階を経ていくと、精神科医エリザベス・キューブラー＝ロス博士が論じているそうである。

そんな大きな病気と指のケガを比較して申し訳ない、不謹慎な気もするが、まあそう堅いこと言わずに立ち止まって考えると、「否認」から「受容」っていう流れ、色々なことに当てはまりませんか。

中学生の頃、マウンテンバイクブームが起こった。

私が運動音痴だったので、自転車で走り回れば少しは体力向上に役立つかと考えたらしい両親は、マウンテンバイクがほしいと頼み込む私に、珍しく資金を援助してくれた。

自転車屋に予約してからそれが納品されてくるまでの1週間が、今までの人生で最も時間の進みの遅い日々だった。

自転車が届いてからは、毎日早起きして近所を狂ったように走り回り、急ブレーキをかけながら後輪を激しくスライドさせるドリフト走行を習得してそれを日が暮れるまでやりまくったりしていた。

そんなある日、妹が家に帰ってきて「お兄ちゃんの自転車がなんか変だったよ」と言われたので駐輪場へ見に行くと、前輪が盗まれていた。

自転車が前かがみになって顔面から地面に突っ伏しているような状態。

愛車のそんな悲しい姿を見たのが、なんでかわからないけどたまたまクリスマスイブで、布団の中で泣いて起きたらクリスマスだった記憶がある。

で、その時もやはり最初は「否認」からの「怒り」だ。

道に停めてあるちゃんと前輪のついたマウンテンバイクを片っ端から蹴り倒してやりたい気持ち（臆病なので実際にはしない）。なんなら前輪盗んでやろうか！　ちくしょう！ぐらいの怒り。

それから「取引」。どうしたら取り返せるだろう、盗まれた前輪がどこかに落ちてないだろうか、なんとかして見つけられないか。

そして「抑うつ」。どうせもう戻ってこない。前輪だけ買うにしたって1万円ぐらいする。小遣いも使い果たしたし、親もやはり悔しいのか、見つかるかもしれないから買わずに待てと言うし。もう、いいよ。

しかし、そこである時「受容」が来るのである。私以外の友達がマウンテンバイクでドリフトを決めている公園で、自分は、思いっきり走って急に止まることによる「靴ドリフト」を編み出し、「うおぉお！　楽しいぃい！」

と思ったり言ったりしながらズザザザーと走り続けていた。顔には満面の笑み。みんなそれぞれのドリフトで楽しめばいい！　最高！　自転車の前輪なくたって楽しいことはある！

「受容」の力はすごい。

とにかく、みんな、ちょっと辛いことがあっても、少し待つと外の状況も自分の捉え方も変わってくる。だからあきらめないでくれ！

私のスペシャルサンクス

CDの歌詞カード（しかしあれってカードか？）の最後のページに「Special Thanks to ○○」みたいな感じで、楽曲の制作や録音とかに直接関わってはいないけど、お世話になった人の名前を書いてあるのをよく見る。

例えば、そのバンドがいつも練習しに行くスタジオのスタッフのケンちゃん、馴染みのライブハウスの人たち、楽器屋さん、ライブ後の打ち上げでよく行く居酒屋の店長のヒロトさん、そのバンドと仲のいいなんとかって

いうバンド。そういうのがずらずらっと並んでいて、最後に、

「そして、家族、友達。いつも支えてくれるみんな……and you!」

みたいな感じで書かれてるのが多いのだが、自分のスペシャルサンクスってなんだろうと考えた時に真っ先に浮かぶのが「もやし」だ。

「今日の昼ごはん、インスタントラーメンにしよう」と思った時、それに加えて「そうだ、もやしも入れよう」と考えた瞬間、自分が「しっかり野菜も取らなきゃ」と思うようなちゃんとした人間だという感じがして心が少し明るくなる。実際もやしにそんな健康にいい要素があるのかは別として、「ただのインスタントラーメン」が「野菜たっぷりヘルシー麺」といった高レベルのものになる。

そんなパワーを持つもやしが30円ぐらいで買える。こんなに安くて、こんなにいい。この世の中にそんなものってそうそうない気がする。

普段から自分は「もやしがいかにありがたいか」ということばかり、あちこちの原稿に書いている気がする。

もやしの話は、しばらくよそう。

とにかく、そんな風に自分のスペシャルサンクスを考えていくと、Special Thanks to もやし、白菜、しめじ、ネギ、カップ麺、袋めん、甲類焼酎、安ウイスキーなど、とめどない思いが溢れてきてしまうのだが、その中に「シャワー」も絶対入れておきたい。

寒い季節、熱めのシャワーを首筋に浴びながら本当に心から「ありがてぇ……」と思う。

こんなものがなかった時代もあり、あるいは自分も何かのきっかけで路上で暮らさねばならない状況になれば、こう簡単にシャワーを浴びることもできないかもしれないと思うと、どうにかこの幸せにしがみつきたくなるものだ。

先日、60代だという酒好きの方と話した時、その人が言っていた。

「めっちゃくちゃ酒飲んで風呂入ったらあかん。死ぬからな。そういう時は浴槽に入ってシャワーを出し続けんねん。それだとお湯がたまらんから大丈夫よ。朝までそのまま。ただ、たまに手か足で穴のところを蓋してしまう時があんねん。無意識に。そうするとだんだんお湯がたまってきて、死にそうになんねん」

「60歳にもなってバカじゃないの？」と思う方もいらっしゃるだろうが、朝までシャワーを浴び続けながらうたた寝しているという状態、想像してみると気持ちよさそうだなとも思う。

いつかめっちゃくちゃ酒飲んだ時に試したいけど、穴を塞いでしまいそうで怖い。

ファックス！

私はフリーライターの仕事をしていて、よく色々な飲食店を取材するのだが、この前ちょっと意地悪な人がいた。ちなみに私のような大した肩書きもないライターの取材に協力してくれる方はほとんど素晴らしく優しい方々ばかりである。なので大変珍しいことだし、その意地悪さも〝ちょっと〟なのでそれほど嫌だったわけでもないのだが……。

できあがったページの見本を事前に確認してもらう際に、ファックスで送ってほしいというのがそのお店の要望だった。写真も入ったページだったので、ファックスだとちょっと伝わりにくいかなーと思い、家のファックスより画質がいいコンビニのファックスから最大限の高画質設定にして送ることにした。

すると折り返し電話があり、「写真が粗くてよう見えへんなぁ。なんや、大したことないなぁ～」と言うので「すみません！申し訳ないです！」と平謝りに謝ったのだが、後でよく考えたら画質が粗いのは受信側のファックスの問題じゃねーの!? ネットで調べたけど、送信側の画質設定をどれだけ上げても受信側がへぼかったら意味ないって書いてあったぜ！

今度またその店に飲みに行って、必ずファックスの型番見てやる！と誓った。

比喩ってなんかうさんくさい

「満員電車で、もうこれ以上どう詰め込んでも誰も乗れない時にどうするか。どうしてもその電車に乗らなきゃいけない人を優先して、別にその電車に乗らなくてもいい人には降りてもらうしかないじゃないか。高齢化の進む今後の日本もそれと同じで……」

というようなたとえを使い、「日本は生活保護だとか福祉にかかる費用を切り詰めていくべきだ」と、有名な人が話しているのを聞いたことがある。

こういう時、「たとえ」ってなんかインチキ臭いなと思う。日本は電車じゃないし、そこにいる人は乗客じゃない。でも「満員電車」というたとえが、すごくイメージしやすくて上手にできているので、「うんうん、そうかもね」とか思わされてしまう。

しかしよくよく考えてみると、たとえや比喩ってイメージのダジャレみたいなものというか、人をふふと笑わせて会話を和ませるぐらいの働きしか、本当はないんじゃないかと思う。

「打ち上げ花火のような恋だった」とか言ったら、夏の夜空を飾る花火の刹那的な美しさ、パッと消えた後の余韻、とか、そんなものがイメージされ、「別れ際がエグくて、最後はビンタの応酬」みたいな、現実にあった場面がすっかり隠れてしまう。花火のいい部分が現実に蓋をしてしまう。というか、恋が打ち上げ花火だとしたら、花火職人は何にたとえられるのか。まさか、恋に落ちた2人を産んだご両親？

「雑草のような強さを持った人」とか言ったらみんなうんうんとうなずくクセに、庭の雑草はガンガン刈ってる。あの邪魔さはたとえに含まれていない。都合がいいというか。

そんな感じでたとえってかなり適当なものだと思うのだ。だが、話術の巧みな人はその力で何かを信じ込ませたりするから怖い。

「メンマのような人生」といえば、ラーメン鉢の中にあって決して主役は張らず、でもそこにあってくれないとなんか寂しいような、一見慎ましやかだけどみんなに必要とされた人生を意味する。

「お湯のようなおっさん」といえば、なんにも味がしない、ただ少しあったかいだけのおっさん。

「うまい棒のようなホームラン」といえば、まあいいけど、別になくても試合に関係ない、みたいなホームラン。

みたいな感じで、どんな言葉を比喩に使っても適当な意味がでっちあげられそうな気がする。いや、もはや「人生のような人生」「電車のような電車」ですらなんか意味ありげに思えてくるじゃないか。なんでもありだな！

棒を見ても泣ける

この間、『ドラえもん』の映画版、いわゆる『大長編』がテレビで放映されていて、それを見ていた。見ていたというか、パソコンに向かって仕事をする際に無音だと寂しくて、かといって音楽だとそっちに気が取られすぎてしまうことがあるので、とにかくなんでもいいからあんまり派手じゃないテレビ番組はないかと思って、たまたまやっていたドラえもんの映画がそこにピッタリきたのだ。

もうほとんど映画のストーリー展開は意識

せず、たまに声が聞こえてくるな、ぐらいの感じ。

そうやって過ごしていて、仕事がようやく一段落したのでテレビのほうを振り向いたら、映画の最後の最後、のび太が大事にしていたらしき翼の生えた馬だとかドラゴンみたいな生き物が画面に映っていた。それらの生き物たちが「時空警察」か何かのルールだか何かに抵触するとかで、未来に連れて行かれてしまうらしくて、のび太が「いやだー」と言って泣いてるのだが、それを見た時、いきなり私も泣けた。

まったくその前のストーリーを追ってないくせに泣けた。

これは私だけのことではないと思う。小さい子が精一杯何かをしてるだけで、前後の文脈関係なく即泣けるという人はけっこういるんじゃないだろうか。

どこまで要素を削ぎ落とせるのか、と思う。

何らかの理由で母猫がいなくなり、それを知らない子猫が母親を探し回っている。そのシーンだけ。うん、泣ける。

そこから「可愛らしさ」を削ぎ落としてみよう。

一緒に旅行に来ていた友達が何らかの理由で急にいなくなり、知らない街でその友達を探し回っているおじさんが映し出されるだけの映像。……少し時間をかければ泣けそうである。

いや、でもまだ私は頭の中に「ちょっと可愛いめのおじさん」を思い浮かべてしまっているな。もっと削ぎ落としたい。

木の棒が高いところから落ちてきて、そのまま100年経ってその棒が朽ちるという映像。これは、描き方によりそうだな。ジブリっぽい感じのアニメにされたらもしかしたら泣けるかもしれない。しっかりした太さの棒だったのに、いつか朽ち果てていく。棒のことが少しずつ切なく感じられてくる。

バケツの中の水が、減りも増えもしない。ずっとそのまま。これぐらいだとさすがに泣けないな。

ずっとある。ずっと変化しない。というこ

とは、あまり涙を寄せつけないということがわかった。

いや、でもこれも、「ずっとあり続けなければならないっていう寂しさ」みたいに考え出すと、少し時間をもらえれば泣けそうな気がしてきた。

だめだ、どこまでも涙が追いかけてきて入り込もうとする。

涙が怖い。

高原君どこに行ったんだい

あの人、今どうしてんだろうなーと思って名前を検索してしまう相手。

私の場合、それは昔の彼女ではなく高原宏一郎君である。

大学の同級生で、いかにも変なやつ的な雰囲気が強く漂う人だったからか、私の周りの誰からもちょっと距離をおかれている感じで、いつも構内を1人で歩いている姿を見かけた。

坊主頭で頭部は大きく、体は華奢。しゃべっている間中、終始クネクネ動いている。

話の内容はいつも唐突で、会話の途中で急に話を打ち切り、去って行ったりする。

好みの女性は戸川純らしかった。

ジュリーの「したくないこと、したくないっ」っていう歌をいつも口ずさんでいた。

一度だけ部屋に遊びに行ったことがあるのだが、その時「革パンいる?」と言われた。

ある朝、服屋の前を通りかかったらシャッターの前に段ボールが置いてあったので、服が入ってるはずだと思ってその重たいのを箱ごと盗んできたが、開けてみたら中身は幅広いサイズが揃った同じ革パンの山だった。なので、部屋に来た人に好きなサイズのを配っているんだという。

部屋に置いてあるベッドは掛けぶとんがなく、緑色の、プラスチックで芝を模したようなマットが敷いてあるだけで、坊主頭で直接そこに寝ているので、2限目の授業の終わりぐらいまでは芝の跡が後頭部についたままだった。

「ビデオでも見る?」と言って部屋に置いてあるVHSを再生して見せてくれたのだが、それがニュースやCM、映画のワンシーンみたいなのを数秒ごとにカットアップした映像。本人曰く、テレビを見ていていいなと思った瞬間だけを録画してつぎはぎしているテープらしい。しかしその「いいな」の基準もまったく謎。ずっと見ていたら狂いそうなものだった。

グレコローマンスタイルのレスリングのユニフォームで登校したこともあったらしい。

酔っぱらって突然私の家にやってきて、散らかった部屋を見るなり「鈴木君、この部屋を来週までに片付けてなかったら、絶交するからな!」と言って帰ったこともあった。

色々なことを教えてくれた高原君だったが、大学3年の途中ぐらいで急に学校に来なくなってそのままいなくなってしまった。いつかまた会えるんじゃないかと思ったが、会えぬまま十何年も経ってしまった。

「鈴木君、スカッシュやろう! ものすごい速さで動くスポーツだよ!」と誘われた時、気が進まずに断ってしまったことを後悔している。

第2章

風邪と
コーラと
見つからない箱

くるりのカード

本当にどうでもいい話を思い出した。

20代の中頃、会計事務所で雑用のバイトをしていた時期があった。40代半ばの社長と私と、もう1人、私より5つほど年上の女性が働いている小さな事務所。

社長は夜型で、終電ギリギリまで仕事をして帰るかわりに出勤は昼過ぎである。なので午前中は私ともう1人の女性が事務所にいて、電話応対や事務処理などをしておくという役割になっていた。

その頃、日本のバンド『くるり』が『赤い電車』というシングルを出した。

当時くるりが好きでよく聴いていたのだが、『赤い電車』というその曲はくるりにしては久々の打ち込み感を押し出したものであり、ちょっと感傷的なメロディーがよくて、「くるりってこういうのも上手にやるよな〜！器用だ」と思って気に入った。事務所の有線で繰り返しかかって、メロディーが頭から離れない。

その『赤い電車』は京浜急行という私鉄とのタイアップ曲で、シングルのリリースにあわせ、京浜急行の特定の駅で〝記念パスネット〟というのが発売されることになった。

「パスネット」というのはSuicaとかPASMOとかICOCAができる前のプリペイド乗車券で、主要な路線では大抵使えて、500円でカードを買えば500円分電車に乗れるわけで、つまりなんていうか、金券みたいなものだ。図書カードの電車版。

どうせ電車に乗る時に使うんだから、そりゃもちろん味気ない通常デザインより限定のくるりカードを買うでしょ！と思って、発売日の朝、早起きしてそれを買いに行き、そのままバイト先の事務所へ向かった。

で、朝から出社してきた年上の女性にそれを見せた。

「今日、実は、朝ものすごく早起きしちゃいまして。京急の駅に行ってきたんすよー」

「えーなんで？」

「いや実はー、今日からくるりの『赤い電車』のパスネットが売られてて、限定なんで、たぶんもう売り切れてるかもしれないんすけどー、それを買ってきたんすよ。見ます？」

「なにそれ！　どんなの？」

「これなんすけどー」

「……ふーん。こんなののために早起きしたんだ？」

女性はそう言ってそのカードをフリスビーみたいな要領でシュイッと放り投げたのであった。

「ちょっと！　何するんすか！」

「はぁ。バッカじゃない!?」

「危なくシュレッダーに入るとこじゃないっすか」

「入ればよかったんじゃない？」

「ちょっともう、おれ、帰るっすわ」

なんの急展開なのかわからないが、自分はすぐ事務所を飛び出し、電車に乗って家に帰って布団にもぐり込みフテ寝していた。すると昼過ぎになって何度も何度もケータイに電話がかかってきて、表示を見ると社長からである。

おそるおそる電話に出たところ、

「お前なに？　今日バイトじゃん。なんで家にいんの？」

「いや、1回行ったんすけどー、ちょっと帰ってきたっす」

「なんで勝手に帰んだよ。事情よくわかんねえけど、とにかく、今すぐ来い！」

「……はい」


1時間ほどして事務所に着くと女性が泣いている。

社長が言う。

「なんかお前らケンカしたんだって？」

「いや、ケンカっつうか……」

「ずっと泣いちゃってるから。事情を説明してくれ、とにかく！」

「いや、俺が今日、くるりのカードを……あの、買ったんすよ」

「それで？」

「それを見せたら、急に放り投げられて」

「それで？」

「それで、ちょっと、帰りました」

「なんで帰るのよ」

「いや、カードが……」

「○○ちゃんは、なんで投げたの？ カード」

「あの、わたしも……くるりが……好きで……それなのに、自慢してくるから……」

そこまで聞いた社長がバッと立ち上がって

言った。

「あのさ！　マジで、どうってもいいから！　働けよ！」

今こうして書いていても、途中でやめたくなるようなどうでもよさである。

「お前らいくつだよ！」と言われたが、当時、私が25歳で女性が30歳ぐらいだった。かなり大人！

なぜこんなことで争わなければならないのか、だんだんアホらしくなってきて、その日の仕事終わりはみんなで飲みに行った気がする。

ちなみに私も女性もそれからかなり長い間その事務所で仕事をし続けた。

つまらない〝おはなし〟

夜、子どもを寝かしつける時に〝おはなし〟をする。

毎度、その場で思いついたデタラメな話を聞かせている。子どもたちは戦隊モノとか『仮面ライダー』が好きなので、「ヒーローがピンチに追い込まれたけど頑張って勝ちました」みたいな話が好まれるのだが、毎日毎日となるとどうしてもワンパターンになってくる。まず、カッコいい技の名前とか、武器の名前とか、そういうのを即興で考えるのがけっこう大変だったりする。

いつもだいたい「そこでついに出た、最強の技……サンダー!! ……サンダー……キック! サンダーキックで敵が爆発だー!!」と、だいたい「サンダーキック」とか「サンダーチョップ」とか「ハイパーキック」とか、まあ語彙が乏しいのだ。

本物のテレビ番組のほうの『仮面ライダー』だったら、最近の作品の戦闘シーンにはものすごく精巧なCGが使われていて、大人が見ていても「なに今の! すごいな」と驚くようなものばかりなので、それに対しての「サンダーキック」は、どうにもしょぼすぎる。だいたい今「キック」で戦っているヒーローなんていないのだ。

つまりそういう方向性、「かっこよさ」とか「激しさ」の方面では私の〝おはなし〟はあまりに無力なのだ。

そこで、テレビのヒーローものでは絶対に描かれないであろう「一方その頃」の世界を表現できないか、そんなことを考え、一時期の〝おはなし〟の中で試みていた。

例えばヒーローが強敵に追い込まれる。絶望の崖っぷち、あわやの大ピンチ！　さあ、どうなる⁉　というところで、

「ちょうどその頃……、少し離れた町の八百屋さんにおつかいに来ていたマモルくんは、八百屋のおじさんに『感心だねえ〜！　よし今日は新じゃがをおまけしておこう！　ホクホクしておいしいよ』と言われて、大きいジャガイモを3個もらいました。お母さんは『あら嬉しい！　じゃあ、電子レンジでふかしてバターを入れて塩を振って食べましょう』と言いました。電子レンジでホクホクに温めたジャガイモはとてもおいしくて、マモルくん

の好物はその日からふかしイモになりました。おしまい」

といった感じで、別の場所で同時に起きている場面を唐突に挿入する。

そうすることで「世界では同時に色々なことが起きていて、それぞれの人がみんな主人公なのだ」ということを子どもたちに伝えたかった。

しかし実際は「はあ⁉ 何その話」「ヒーローどうなったん? ヒーローのこと教えてよ!」と、ものすごいブーイングを受ける。

物語というものは、それ自体が、視点を限定していって、誰か1人が絶対的な主人公であるかのようにしてしまう強制力を持っているのかもしれない。

その習性に抗って、どんどん拡散していくような、同時に色々なことが起き過ぎて「はあ?」となるような物語が書きたい。

爆弾と屋上製麺会

今朝、目が覚めたらテレビがつけっぱなしになっていた。

ジーパンで寝ていた。

昨夜、めちゃくちゃに泥酔して帰宅し、そのままベッドに倒れ込んだのだ。

テレビから「すべての爆弾の母と言われる爆弾が投下されました」という声が聞こえ、それを聞いて「ん?」と思いながらもまた眠り込んでしまったので、後になってあれは夢の中の自分が勝手に作り上げた記憶だったんじゃないかと思った。「すべての爆弾の母」なんて、なんとも夢っぽいフレーズだし。

そしてようやくちゃんと目が覚めた後に「すべての爆弾の母」と検索してみたら、それは夢の中のフレーズじゃなく、「すべての爆弾の母」と呼ばれる爆弾をアメリカ軍がＩＳＩＳの拠点を破壊するために２０１７年４月13日の夜に実際に使用したのだというニュースが出てきた。実戦で使用されるのは初めての爆弾で、核兵器以外の「通常兵器」と呼ばれるものの中では最大級の破壊力を持つものだという。

ここ数日は特にキナ臭いニュースばかりで、これを書いている今もアメリカと北朝鮮の緊張関係がピーンと張り詰めて、明日何か武力衝突が起こるかも、みたいなニュースも出ているほどだ。

そうなったらどうなるのか、それがどんな大きな不幸につながっていくのか今はわからないけど、こんな時はすべてのことが間抜けに見える。

昨日、ライター仲間の玉置標本さんが主催する「製麺会」が高田馬場のビルの屋上で昼間から開催された。玉置さんの持ち込んだ年代ものの製麺機で麺を作って食べる会である。天気もよくて気温も最高、こんな楽しいことあるだろうかと思ってワイワイやっていたのだが、ふと、でも何かがどうかなったら爆弾が落ちてくるかもしれないんだよな、と思った。

屋上で製麺機のハンドルをクルクル回して中華麺を作ってそれをズルズルするのんきな会。のんきの中でもかなり純度の高いのんきだと思うのだが、そんなやつらの頭上にも爆弾が降ってくる可能性はある。

そしてそうなれば少しも抵抗できずに我々の製麺会は破壊され尽すだろう。

空の下で麺を茹でること、それを「うまい！うまい！」と言って大人たちがはしゃいで食べること、「おっ！ 向こうのビルの陰にまだ桜が見えるじゃないですか！ 花見だ花見！得した」と笑って発泡酒をグビグビ飲むこと、誰かが酒をこぼして誰かが慌ててそれを拭くこと、そんな全部が、爆弾の前にはあまりにくだらないことに思えてひきつったような笑いが込み上げる。

そしてそういう取るに足らないくだらないことこそ愛しくて仕方ない私は、爆弾の圧倒的な〝くだらなくなさ〟に悔しくて涙が出そうになるのであった。

ふざけんなよ爆弾！ 宇宙の外に消えてくれ！ 俺たちは空の下でおいしい麺が食いたいんだよ！ ちくしょう！

視線が私を弱くする

人に見られていると、なぜあんなにできないのだろうか。

昔勤めていた会社にまだ入社したてのある日、先輩が私のモニターを覗き込みながら作業を教えてくれることになった。先輩が私の肩越しにモニターを見ながら、操作は私がする、という状況である。

先輩が「じゃあ、ここの文字列をこっちのほうにコピペしてください」というのを聞きながら、コントロールC押して、そんで、コントロールV押して……あれ、何も出てこない。空振りである。慌ててもう1回やろうとすると今度は選択範囲がずれちゃって、みたいにワタワタしていたら、先輩が上司に向かって「ちょっとー!! 鈴木さん、コピペができないんですけどぉ～!」と叫んだ。

いや、できるのである。普段はできるのだが、見られていると緊張して〝コピ〟も〝ペ〟もできなくなってしまうのだ。

さらに昔にさかのぼれば、小学生の頃、近

所の公園のうんていの頂上に登り、そこからスタッと飛び降りられることに気づいた。幾度となく繰り返し「これ、俺すごいんじゃね?」と思ったので、母親を呼び、それを見てもらうことにした。

すると成功率100%だったはずの飛び降りが緊張によって失敗し、手の骨が折れた。

誰かに見られている緊張感で自分の実力がめちゃくちゃ下がるのだ。だから本当の俺はすごいんだぜ、といつも思っている。

ただ、それを誰にも見せることはできない。

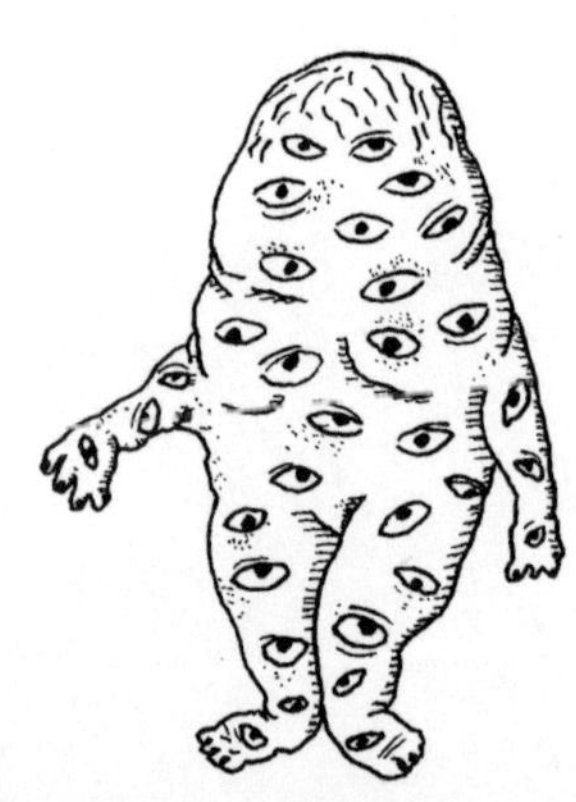

風邪をひいていた

現実は物語とは違う。

現実をもとにして物語を作るとしたら、現実の特定の部分だけを誇張して切り取ったり貼り合わせたり、とにかく色々加工して作っていく。そのため、現実のダルい部分がカットされていることが多い。しかし自分にとってはそのダルい部分こそが重要で、時が経っていつまでも心に残っているのはそっちのほうだったりする。

私は現実には風邪がつきものだよな、と思う。

ずっと昔のことだが、当時思いを寄せていた女性とデートの約束をして、数日前からドキドキしていた。あの辺を散歩して、あの店に行って食事をして、とか色々考え、思い直して微調整を繰り返したりした。「うまくいけば、一気に進展することもあり得る」そう思うと緊張する。

そして迎えたデート当日、女性はマスク姿で現れた。風邪をひいているのである。

いや、そうまでして来てくれて、なんだか申し訳なかったし、もちろんありがたくもあるのだが、隣で咳込んでいる女性をどんな小話で笑わせることができるのか、わからない。「熱はないけどようやく外に出られるようになったばかり」だという。

結局、女性は1軒目に入ったお店で小1時間ほど食事をして帰っていった。

前日まで、私は「相手がこう言ってきたらこうしよう」「そしたらこんな風に答えよう」と様々なパターンをうだうだと想像していたが、相手が風邪をひいている可能性については一切考えていなかった。

なんだろう。「負けた！」という感じ。

宮本武蔵と佐々木小次郎の巌流島の戦いで武蔵が風邪をひいてマスク姿でやって来たら小次郎は「え!?」と思うだろう。最強の奇策である。

私は「現実」というものに負けたのかもしれない。

一方「物語」のほうを考えてみてほしい。

例えば『タッチ』だ。死んでしまった弟の和也のかわりに達也がマウンドに立つ、その時に達也がめちゃくちゃ風邪をひいてるってことはないだろう。『美味しんぼ』で、いよいよ究極のメニューと至高のメニューが対決するという大事な日に海原雄山が風邪をひいていて味が全然わからないということも考えにくい。

ドラマでも映画でも、大事な場面で主人公が風邪をひいているのを見たことがない。いや、たまに高熱が出て寝込むようなシーンもあるけど、たいてい派手に演出され過ぎている。もっと地味な「まあ無理すれば行けなくないけど、具合悪いな……」ぐらいの感じこそ現実ならではだ。それこそが、物語が捨ててしまっている大事な要素なのだ。

「どうだ物語め！　こっちには風邪があるからな！」と、妙な武器を振りかざして現実の肩を持ちたくなる気分だ。

いつまでもそばにいて

友人とどこかの駅で待ち合わせしていたとする。

「俺いま○○線に乗ったから13時34分には駅に着くわ」

とその友人にLINEしたところ、

「あれ、俺も同じ電車に乗ってるかも！　何両目？」

「5両目だよ」

「おれ2両目、今そっち行くわ」

と言って友人が近づいてくる、あのなんとも言えない嬉しさ。

1人で乗ったはずの電車に友達も乗っていた。どうせ間もなく駅で会えたはずなのに、なんだかニヤけてしまう。

花見とかピクニックをしている途中、尿意を催してトイレに行く。近くのトイレの前には人が並んでいるので、少し離れた別のトイレまで歩いて、しばらくかかってようやく戻ってくる。すごくたくさんの人がいる中、遠くに自分の友人たちが座って飲んでいるビニールシートが見えてくる、その時も嬉しくてニヤけてしまう。

子どもの頃から「船ごっこ」をするのが好きだった。部屋の中にある雑多な物たちを床に並べ「ここからここが海でこれが船」という仕切りを作り、「船」と決めた狭い場所に妹とずっと座って、おのおののマンガを読んだりしていた。

自分の場所があるということと、自分が知っている人がそこに一緒にいるということが嬉しく、それを何度も確かめたかったみたいだ。

あの喜びはどこから来るのだろうか。

海を作らなければ「船ごっこ」にならないように、一度トイレに行かなければ、自分たちのビニールシートが遠くから見えないように、「外」の途方もない広さがあるから、その片隅に自分の場所が存在していることが認識できる。

それと関係しているかわからないけど、駅で人を見送る時、なんであんなに寂しい気持ちになるんだろうか。

試しに〝わざわざ見送る〟というのをやってみたい。

例えば「明日から海外旅行に行くんだー」という友達がいるのを知ったら、その友達が飛行機で出発するのを、空港に見送りに行く。それまでずっと一緒にいた、とかではなく、いきなり、ただ見送りだけをさせてもらう。

友人が「じゃあ」と搭乗口へ向かう。しばらくしてその友人が乗った飛行機が飛び立つのを休憩スペースでぼんやり眺めて、それですぐ家に引き返す。時刻はまだ午前11時。

なんだか寂しくて、帰るなり布団にもぐり込みそうな気がする。

もっとがんばれ！俺

私はライターをして生活費を稼いでいる。

数年に渡って継続していた仕事が突然なくなったり、原稿料があまりに安すぎて逆にやってみようかなと思うような依頼がきたり、そういうリアルなぼやきもあるのだが、その話は今はさておいて。

取材先で相手から色々と話を聞くような時、ICレコーダーで会話を録音させてもらうことがある。

で、取材が終わっていざ原稿を書く段になると、録音した音声を再生し、それを聞きながら書き起こしていくことになる。この作業が嫌で仕方ない。面倒だから嫌なんじゃなくて、自分がめちゃくちゃむかつくのである。

自分のしゃべっている声が気持ち悪い、というのも最初はあったけど、それはもう慣れてしまったのでどうでもいい。そうじゃなく、自分の反応の悪さに腹が立って仕方ないのだ。

つい先日取材させてもらった居酒屋では、その店が独自に考案したチューハイを飲ませてもらいながら、それができた経緯などについて話を聞いた。お店の人が気さくに「飲んだり食べたりしながら普通にやりましょう！」と言ってくれたので、割とリラックスした雰囲気の取材ではあったのだが、それにしても自分がずっと飲んでばかりいて何もしゃべらない。

グラスを傾けて氷がカラカラ鳴る音ばかりがたまに聞こえて、あとは無言という時間が7分ぐらい平気で続く。「飲んでんじゃねえよ！ しゃべれよ!!」と、録音された過去の俺に対して声を荒げたい未来の俺。しかし過去の俺は動じない。

「……ゴクッ。カラッ（氷の音）」

お店の人が「おかわりお持ちしましょうか？」と声をかけてくれる。

「あ、はい。じゃあもう1つのこっちのほうおねがいします」と自分が言い、また無言で新しい酒を飲んでいる。

録音してある音声が全体で1時間半ほどあるうち、最初のほうこそ基本的なことについて2、3点質問しているが、あとはずっと黙って飲んでいるだけだ。

さすがに見かねたのか、お店の方が、

「でも、あれですよ。このお酒が好きだって通ってくれるお客さんが増えてきてるから、やってよかったなって思ってます」

「そうなんですね！　確かにおいしいですもんね」

「お前の料理はいまいちだけどこの酒だけはうまい、とか言われたり」

「はは、いやいや……」

それだけかよ！　もっと何か、気の利いた返しをしろよ俺！

「トンッ（酒を飲んでグラスを置く音）……カラカラ（氷の音）……」

飲んでばっかりだなバカ！

またそうして5分ほど、ほぼ無音。

未来の俺はこれを再生してどうすればいいんだ⁉　一応、「何かしゃべるかも」と思ってずっと聞いている、このアホらしい時間。

しゃべれ！俺！

何か言え俺！

「……カラ（氷の音）……あの」

「はい！」

「トイレどっちですか？」

もう、しっかりしろ俺！

反省を踏まえて今度こそはと取材にのぞむのだが、再生してみるといつの間にか未来の俺は過去の俺と入れ替わっており、またいつもの「……カラッ（氷の音）」なのである。

どうしたらいいの背もたれ

私の住まいはＪＲ環状線の「桜ノ宮」という駅に近く、そこからの電車を利用することが多い。

東京から大阪に引っ越して来るまであまり目にしたことがなかったのだが、椅子の背もたれが簡単に可動する車輛にたまに当たる。

向かい合って横に長い７人掛けのシートがあるタイプじゃなく、新幹線みたいなタイプの椅子の並びだ。「進行方向に向かって座る」か「進行方向に対して逆向きに座る」かのどちらかになる。

その椅子の背もたれが可動式になっており、電車の進行方向に合わせて座る方向も切り替えられるのである。うまく表現できているだろうか。

左ページ上段の図①のように座席が並んでいるとしよう。

その車輛がどこかで終点に行き当たり引き返すと、図②のようになる。そのまま座り続

図①

図②

図③

けている人がいるとしたら、その人は後ろに向かって進むことになる。

そこで椅子の背もたれ部分だけがバタンと倒せる仕組みになっていて、瞬時に逆方向用の椅子へと早変わりするのだ。

みんなが背もたれを倒したとすれば図③のようになる。

新幹線の椅子だと椅子ごとぐるっと１８０度回転させないといけない仕組みで、いつも東京駅で清掃スタッフの方が椅子を反転させるのを見て大変そうだなーと思っていた。それを思えばかなり合理的な仕組みといえる。いえるのだが、たまにその仕組みの限界に行き当たるのだ。

つい先日、私が乗った電車は座席がかなり空いていた。早速座った。動き出してわかったのだが、背もたれが進行方向と逆に座るようになっている。前ページの図②と同じ状態だ。

だが、「まあ空いているし、いいかこのままで。別に後ろ向きでもそんなに嫌じゃないしな」と、そのまま座っていた私であった。しかし、次の駅で乗ってきた人は進行方向の向きに背もたれを直したい。

そうするとどんなことが起きるか。左ページ上段の図④をご覧いただこう。真ん中に座っているのが私である。

次の駅で乗ってきた人が一番右の椅子の背もたれを逆向きに直して座る（図⑤）。

そうするとその人の正面には自分のほうを向いて座る〝対面席〟が発生することになる。

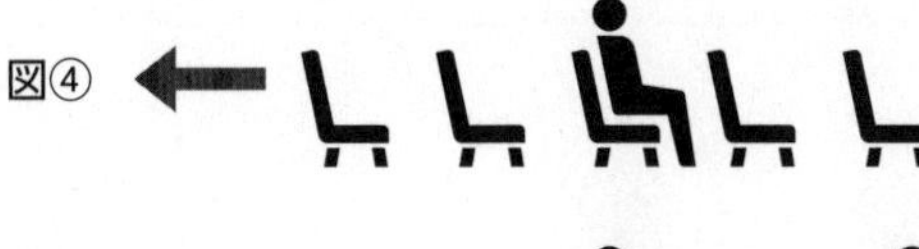

図⑤

図⑥

それは嫌だと思ったその人は、自分の正面の席の背もたれも手前に倒すことにする（図⑥）。

するとどうでしょう。私の席がいきなり知らない誰かと向き合う可能性のある席に早変わり！　さっきまで一人を満喫していたのに！

いや、いいんだけど、自分の目の前の背もたれが倒れて座席に早変わりした瞬間、ちょっと笑ってしまった。

そして次の駅で私の向かいにおばあさんが座ってきて、２人で向き合ったまま、レールの上を遠くまで運ばれていくのであった。

いや、今思えばこの場合、私が進行方向と逆の状態で頑固に座り続けているのがよくなくて、気づいた時点ですぐに直しておくべきだったのだろう。

さらに言うと、この問題はさらに難しくて、ここまでは話が複雑になりすぎると思ってあえて省いてきたのだが、一番端の2つの椅子は向きが固定されていて背もたれが動かせないのである。

とにかく、誰かが背もたれを動かしたしわ寄せが必ずどこかにいってしまう仕組みで……だめだ！　文章で説明するのが大変すぎるので、今度誰か私と電車に乗って一緒にどこかに出かけてください！　その時に説明します。

「まず味」よ、ありがとう

昼から夕方まで机に向かって仕事をするとして、かたわらに飲み物を置いておき、たまにそれで喉をうるおしつつ作業したい。

家でできる仕事であれば、コーヒーを淹れてなくなったらまた注いで……とその都度やるのも苦ではないが、会社や出先で仕事をする場合は、ペットボトル入りの飲み物を買ってきてそれを飲みつつ作業することが多い。

その場合の自販機やコンビニで買ってくる飲み物のセレクトなのだが、例えばコーラやカルピスウォーターは不向きだと思うのだ。おいしすぎて。

「あれ？　うまいぞ？　すごいうまいぞ。まだ飲める！」と思いながらいきなりグッと半分ぐらい飲んでしまう。あと何時間もこいつと一緒に過ごそうと思ったのに、もう半分なくなった。

その点、いま私の手元にある『ソルティすいか』という、自販機で60円にまで値下げされていたペットボトル入りのジュースだと、「あれ？

何だこれ？　何が言いたいのかまったくわからない味だ！」と思ってすぐ口を離す。

なかなか減らないので、半日ぐらい仕事して、いざ帰る頃合いになってもまだ3分の2ぐらい残ってたりする。すごく経済的だ。

おいしくないもののほうが適している場があるんじゃないかと思うのだ。

例えば病院の食事。子どもの頃、1か月ぐらい入院していたことがあるのだが、おいしいと思った記憶がない。「この病院の食事が最高！」というコラムなども目にしたことがない。いや、もちろん栄養のバランスを考えて、また、あまり脂っこくないようなものにしてあるからああなのだろうが、なんとも味気ないものだった記憶がある。

でも今思えばあれはおいしくなくていいのだ。

「うまい！　止まらん！　おかわり！」というようなものが毎日の病院の食事だったら、別に退院しなくてもよくなってしまうだろう。刑務所の食事なんかもそうかもしれない。

あと薬だ。薬がうま過ぎても困るだろう。

私はよく風邪のひきはじめに『パブロン』を飲むのだが、顆粒のパブロンの味のまずさったらない。最高に嫌いで、ゆえに好きである。なんだかすごく効いてる気がする味なのだ。

自分が作った雑なパスタのなんとも言えないまずさも好きだ。これは完全に私の料理センスのなさゆえのことなのだが、「なんだよこれ！　何味なんだよ……」と思いながら食べ、シェフにクレームを入れたら厨房から自分が頭を掻きつつ登場する場面などを想像する。

甘味・塩味・苦味・酸味・旨味の5つを「基本五味」と総称するらしいが、第6の味があるとしたら、それは「まず味」だろう。私たちの生活を、実は「まず味」が色々な形で彩っているのではないかと思う。

岡嶋君の小手

昨日、ふと岡嶋君のことを思い出した。

小学生の頃、剣道を習っていた時期があり、そこにいたのが岡嶋君であった。私が4年生で岡嶋君は3年生か、いや2年生だったかもしれない。とにかく年下であった。

岡嶋君とはその剣道教室でしか会ったことがない。通っている学校も違ったし、町で会うこともなかった気がする。

剣道教室では、1時間の稽古のうち30分ぐらいは素振りを繰り返して、残りは交互に「面」「胴」「小手」の打ち合いみたいなことをして、最後に10分ぐらい練習試合をしていたと思う。試合の相手はフォークダンスで踊る相手が次々ずれていくみたいに、順次変わっていったような気がする……。

先ほどから記憶があやふやで申し訳ないのだが、私が剣道教室に通っていた時間の中で唯一覚えているのは「岡嶋君の小手が死ぬほど痛い」ということだけなのだ。他のことはなぜか記憶からなくなっていて、腕の痛みだけが最後に残った。

前述した通り岡嶋君は年下である。年下だから先輩に遠慮して攻めてこないとか、そんなことはない。それは剣道の精神に反する。いや、剣道の精神がどうというのではなく、岡嶋君はとにかく無邪気にものすごい勢いで突っ込んで全力で竹刀を振ってくるのだ。そういうやつなのだ。

私はいつも防戦一方で岡嶋君に打たれまくり。そこまでは仕方ないことだが、剣道の防具って、「面」の前方は金具の網目になっていて頑丈。「胴」の正面も硬い素材になっていて、どちらも打たれてもそれほど痛くない。「はいはい、どうぞどうぞ気が済むまでおやりなさいよ」っていう感じだ。

なのだが、「小手(今さらですが手首あたりのことです)」は、「面」や「胴」と違い、厚めの布でしかない。それゆえ、竹刀で思いっきりぶっ叩かれるとすごく痛いのだ。1回や2回ならなんとか我慢できるが、3回目以降はそれまでの痛みが蓄積しているので、うなぎのぼりで痛くなっていく。

しかも岡嶋君も本能的に私の弱点を察知するのか、小手ばかり狙ってくる。痛いっつうの。

もう、竹刀を放り出して「やーめた！」と言って道場から走り出たくなるのだ。

なんで小手だけ、あんな厚いだけの布なのか。あそこも金具にしてほしい！　すぐできると思う。金具じゃなくても、昨今の先端技術を生かしてもっと強い素材に。

あと、ついでに面も改善してくれ！　正面こそ金具だからいいけど、頭頂部に竹刀が当たると、そこはただの布だ。

岡嶋君はたまに「キエーイ！」と叫んで飛び上がって面を打ってくるので、背の低かった私の頭の上部に竹刀が届き、しびれるほど痛い。ホントもういい加減にしてほしい。

今調べたら、小手の下にリストバンドみたいに装着する「痛み防止カバー」みたいなグッズがあったり、面をかぶる時にタオルを分厚く重ねておく、などの痛み防止テクがあったりもするらしい。

けど、そういうことじゃないんだよ！　防具をちゃんとアップデートしてほしい！　それか竹刀をぐにゃぐにゃにしてほしい。

今後の人生、再び防具を身に付けて竹刀を振ることはないと思うが、とりあえず今、私が一番言いたいことはそれだ。

ここで寝なさい

小学生の時、音楽の先生がすごく怖かった。

華奢で声が高い女の先生で、ちょっと神経質というか、ヒステリックなところがあって、怒り方が爆発的なのだ。ふざけている生徒がいようものなら、まくし立てるように罵倒し、必ず最後は相手を泣かす。

他の先生の言うことは絶対に聞かない生徒たちにも恐れられていて、臆病な私はもちろんその先生が怖かった。音楽の授業が1時間目にあったので、「おなかが痛い」と言って2時間目から登校したことがあった。

すると翌週の音楽の時間に「この前、私が嫌で2時間目から来たんでしょう? 知ってるから」と言われ、休むと余計怖いので休むのをやめた。

ある時、そんな音楽の先生を怒らせた生徒がいて、その怒り方がすごく独特で未だに忘れられない。「あなたには授業を受ける資格がない! だから授業が終わるまでみんなの前で寝てなさい!」と言うのだ。

音楽室でみんなが椅子に座っている、その前の床を指差し、ここで寝ろと言う。

屈辱の与え方が上手というか。怒られた生徒は「早く寝なさい!」と言われても、そうする勇気がなかったのか、その辱めを受け入れ難かったのか、とにかく立ったまま泣いている。先生も一歩も譲らず、ずっと授業が中断していた記憶がある。

それから時が経ち、音楽の先生はどこかへ転任になった。背の順の一番前だった私は高校に入ってようやく少し背が伸び、大学を出たあとも就職せずにふらふらしたままで、バイトしたり辞めたりを繰り返しているうちになんとなくバイトから契約社員にしてくれた会社があって、一応それで会社員というものになったのだが、とにかく毎日眠くて眠くて仕方なかった。私の会社勤めの日々を一言で要約するなら「眠気との戦い」になるかもしれない。

社員になって初日、会社の理念みたいなものの説明を受けている時にも寝ていた。私と相手しかいない1対1のミーティング中にも眠ったことがある。

会社を辞め、フリーライターになった今は、好きな時に眠れるようになった。昼前に起きて、昼ごはんを食べてすぐまた眠るようなことも可能だ。

そんな私だが「これは寝にくい!」と思ったのが、つい先日のことだ。住んでいる家の温水器が壊れてしまい、お湯が出なくなった。体温より少し低めぐらいのぬるま湯は出るのだが、それ以上温かくはならないので冬場のシャワーが辛かった。

我慢ならず、工事業者の方に修理に来ても

らうことになったのだが、うちの温水器はすごく古い型だったそうで、直すのが割と大掛かりになるという。風呂場の裏の配管をどうこうするとかで、2日間に渡り、朝から夕方まで家の中で工事が続いた。

立ち会いが必要だというので、私はすぐ近くにずっといなくてはならないのだが、これがめちゃくちゃ眠いのである。普段より早起きしたし、前の日は珍しく遅くまで仕事だったし、コンディション的にもいつもよりハード。テレビをつけたり、スマホでツイッターを見たり、立ったり座ったりしてみるが、どうしてもどんどん眠くなってくる。

すぐ近くでは若い業者の方（すごく愛想よく、手際よく頑張ってくれているらしいのがわかる）が何人も入れ替わり立ち替わり、機械で「ガガガッ！　ズガガ！」と何かを激しく震動させたりして汗だくである。

気を抜いていると、たまに「すみません！　今から水が止まりますがいいですか!?」とか確認されたりもするので、できれば起きていたい。申し訳ない気持ちもあるんだけど、でも、もうだめだ。

工事が行われている場所から私のいる位置までは数メートルも離れていないし、業者の方がふと視線を向ければ私が見えるぐらいの感じなのだが、眠気には勝てない。ついに「若い人が頑張って工事してるすぐ横で寝てるやつ」に私はなった。床に普通に大の字になって、タオルケットをかけて眠った。

そのあと、怖かった小学校の音楽の先生のことを思い出して、自分だったらあの時、大勢の生徒の前でも寝れたかもしれないと、長い時間が経って、ようやくあの先生を乗り越えたような気がした。

どんな遅いレジも自分よりマシ

スーパーのレジに並んでいて自分の並ぶレーンだけやけに進みが遅くてイライラするということはよくある。しかしそんな程度のことにイライラして生きていくことこそ非効率的な気がして、どんなに遅れようとまったく意に介さないようにしている。

あぜ道とか清流とかを思い浮かべ、その脇にひっそりと咲く花、あるいはそこら辺に転がってる石を頭に思い描いてその気持ちになりきる。そうすればどんなことでも乗り切れる。花、石、せせらぎ、風の音、澄み渡った青空、ああ気持ちいい……。それにしても遅いなこのレジ……。レジを打ちながらオタオタしている青年の胸には「研修中」とある。研修中なら仕方ない、誰だって最初はゼロからのスタートだ。

だけど。それにしても遅い……。私の後ろに並んでいたおばさんはさっさとこのレーンに見切りをつけ、別のレジに移ってすでに店を出て行きかけているではないか。でも、ここで引き下がるのは悔しくてたまらん。なんで俺はこんなレジに並んだんだろう。思い返せば何もかもツイてない日々。人生そのものが間違ったレーンに並んだようなもの。楽しいはずの買い物のひと時が一転して、人生の虚無感に直面させられる。

ようやく自分の会計の番が来る。いくらなんでもモタモタし過ぎの青年。俺がやろうか？と言いたくなるほどである。なんとかしてお金を払い、商品をレジかごに入れて袋詰めブースへ。しかしそこで、まずビニールのレジ袋が上手に開けられない。指を湿らせて再度やり直すも全然ダメ。開いたと思ったらいきなり袋の底に豆腐を入れてしまう。そうだ、柔らかいものは最後なんだっけ。ああだめだと思って詰め直すうち、コーラのペットボトルに手がぶつかって床に落ち、パンパンの爆発寸前状態になる。

と、自分は研修中の青年どころじゃなく手際が悪いのだということが一瞬で判明して思わず笑った。

最近、「セルフレジ」を取り入れているスーパーも多い。大抵普通のレジよりもそっちのほうが空いているのでやってみるのだが、最終的に絶対お店の人が駆けつけてくる。脇に立っているサポート係の店員に見つめられながらモタモタしてこなすセルフレジ。その時、研修中の人の気持ちが痛いほどわかる。

おじさんって誰？

最近難しいなと感じているのが、60歳ぐらいの男性をどう表現するかである。

「この前行った飲み屋でさ、隣のおじさんに声かけられたんだけどね」と、例えばこのように「おじさん」と表現するとして、そう言っている自分はどうなのか。私は来年40歳になるのだが、これは「おじさん」の範疇だろう。

でも、60歳の人は自分より20歳も上なので自分からすれば「おじさん」なのである。

「この前行った飲み屋でさ、隣のおじさんに声かけられたんだけどね。おじさんって言ってもまあ俺から見たらっていうか、俺自身がおじさんであることを棚にあげるつもりはないんだけどね」と、前置きが長くなってしまうのである。

また、最近の60歳の人は全然若い。昔だったら「おじいさん」とか「ジジイ」って呼ぶのがしっくりきたぐらいの年齢かもしれないが、70歳ぐらいの人でもけっこう若々しいこの時代にあって「おじいさん」と呼ぶのがふさわしい60代なんてあんまり見当たらないのだ。

「この前行った飲み屋でさ、隣のおじいさんに声かけられたんだけどね。そのおじいさんはカラオケ名人らしいのね。あ、ごめん、やっぱおじいさんじゃないわ。松本幸四郎とか田村正和ぐらいの人って、おじいさんって呼ぶのは変だよね。おじさんでいいよね。だからおじさんだわ。あ、でも俺自身がおじさんであることを棚にあげるつもりはないんだけどね」と、そんな回りくどい言い方をしていたら相手は話に飽きてスマホを見ているのである。

「おじさん」と「おじいさん」の間にもう1個何かが必要なのだ。

でもこうして並べてみると、「おじさん」が年をとって「おじいさん」になるって、すごい覚えやすいし、もう今さらこれを変えても改悪にしかならない気がする。それなら、「青年」とか「お兄さん」ぐらいのニュアンスと「おじさん」の間にもう1個入れたほうがいいのかもしれない。

つまり、30代後半から40代ぐらいまでの人を呼ぶ言葉である。……なんだろう。

今のところ、「これからおじさん」というアイデアしか浮かんでいない。

私のヘルシー石

高速道路のサービスエリアで売店を覗いたら、「ストレスがとれる石」というのが売られていた。

地下鉄のキップぐらいの大きさで、1センチほどの厚みのある板状の石。その中央部分に、少しくぼんだ部分がある。石は大理石っぽい手触り。スベスベして気持ちいい。板状の石を握り、少しくぼんだ部分にスッスッと親指を滑らせると確かになんだか気分が落ち着くのである。

その隣には「ヘルシー石」というのがあって、こっちは完全な球体。ピンポン玉より二回り大きいぐらいのサイズ。緑色で光沢のあるツルツルのもあれば、さっきの「ストレスがとれる石」みたいなスベスベ系のものもある。それぞれ握ってみると、うむ、なんだか、とにかくちょうどいい握り心地だ。ずっと握っていたくなる。

さらにその隣には「ヘルシー石」のタマゴ型のタイプもある。家で食べているタマゴと同じぐらいの大きさで、やはり同じようにツルツルのやらスベスベのやら、違った材質の石で作られた幾通りかのものがある。タマゴ型なので、尖ったほうで肩をグイッと押してみたらかなりいい具合である。

手の中でグイグイ握りしめるようにすると、尖ったほうが手のひらの腹の部分に当たって、疲れが取れるような気がする。

ふと時計を見ると、さっきから10分ぐらいの間、ずっとこのコーナーの前にいる。

え？ あれ？ 今まで売店で売られているこういうもののコーナーになんてまったく興味がなかったのに、いきなり今その時が来た。

「どうしよう！ どれにしよう！」と、すでにもうどれかひとつは買う気でいる。

「ストレスのとれる石」は４００円。「ヘルシー石」は球体でもタマゴ型のでも６００円だ。それが高いのか安いのかもわからない。

でも今の自分は「妥当な値段、全然買える！」と感じている。

しかし、いざ買う気になってみるとめちゃ

くちゃに迷う。「ヘルシー石」のツルツルのほうにするのか、スベスベのほうにするのか。いや、「ストレスがとれる石」だっていいぞ。というか、「ヘルシー石」にするとしても、球体とタマゴ型のどっちにするんだ。

でもやっぱり、尖ったほうで押すとグイグイ、お尻の丸いほうで押すとグイぐらいの刺激があるタマゴ型のほうが、マッサージ器具としての価値もあっていい気がしてきた。

と、そこまでは絞り込んだが、今度はスベスベかツルツルか、さらには天然石を使っているので、その模様も1個ずつ違うじゃないか。感触は好きだけど、色合いがちょっと気にくわないものもある。超、迷う。

時計を見ると20分経っている。自分が自分にいら立ってくる。早く決めるんだ！

で、結果、「ヘルシー石」のスベスベのタマゴ型のを購入した。色は茶色というのか、木みたいな色。いや、〝木〟といっても色合いは様々か。私はいつも何ひとつ的確に表現できない。

とにかくそれを買って帰って、足の裏に押

し当ててみると、これが最高である。痛すぎず、弱すぎず。手で握っても心地いい。仕事で長い時間パソコンをパチャパチャやって、それに疲れると握っている。

寝る時にも持っていて、枕と首の間に石を置いて頭を乗せ、首の裏をグッと押すと凝りがほぐれて気持ちいい。でもずっとやってるとだんだん痛くなってきて寝てられないのでやっぱり取って、足で転がしたり、やめて手に持ったりして、自分の横に置いて寝る。

起きたらすぐに石を拾って寝間着のポケットに入れて、ずっと肌身離さずに過ごす。まるで石のタマゴからヒナがかえると信じている悲しい親鳥のような状態。

もちろんただの石とわかっているが、実際のところ、愛着が湧いてきている。

今悩んでいるのは、今度どこかに旅に出る時、これを持って行くかどうかである。けっこう重いのだ。だがこの石がない夜を自分が耐えきれるかと思うと心細い。

それに暴漢に襲われた時、これを武器に戦

うこともできる気がするのだ。でもその場合、投げることになるだろう。

この石を投げるなんて、そんなことが自分にできるだろうか。いや、投げるぐらいなら戦わずにとにかく逃げよう。そのほうがいい。

それぐらい、今、この石が好きである。

大昔の人の夢

たまに見る夢で、「誰かに追われて逃げていて絶体絶命、だが、全身に力を込めると空を飛べる」というものがある。

地面に立っていた自分がふわっと浮き上がり、地上10メートル、地上50メートル、地上100メートル、という風にどんどん上昇。そのまま日本列島を遥かに見渡す高さにまで昇り、世界地図みたいな広さの視野になったと思ったら飛ぶ力がそこで尽き、今度はものすごいスピードで下降していく。

それに伴い、どんどん地上の様子が細かく見えていく……という感じの場面がお決まりのように出てくるのだが、これは完全に「グーグルマップ」の影響だろうと思う。

あれがなければ、「世界地図にズームしていくとどんどん情報が拡大されて最後は自分の住む町に着陸！」みたいな感覚も映像も自分の中になかったと思うのだ。

たとえば電話のない時代の人が、遠くの誰かの声が受話器から聴こえてくるという夢を見ることはなかっただろう。幕末の志士が「スマホのアプリのダウンロードがなかなか進まなくてイライラする」という夢を見ることはなかったはず。

今自分が見ている夢は、今自分が生きている時代に基礎を置いているわけで、だとすれば逆に「江戸時代の人が現代人が見ることのできない夢を見ていた」ということも当然あるだろう。

例えば「ある昼下がりに、江戸時代にしか食べられてなかった料理を食べていると、そのお椀の中から江戸時代にしか生きていなかった鳥が顔をのぞかせ、江戸時代の一時期に流行っていたダジャレを甲高い声でまくしたてる」というような夢を見ることは私にはできないのである。

しかもこの例などはまだまだ今の私に想像できる範疇のもので、江戸時代に生きる人ならではの幸福のイメージとか不幸のイメージや恐怖のイメージなんかは、そもそも仮のイメージとして思い浮かべることすらできない。

さらにさかのぼって「ネアンデルタール人がどんな夢を見ていたか」となると、これはもう、少しもわからない。

「あの動物の毛皮は暖かそうだ、と思って大きな石を投げつけてみたところ、その石が空にのぼって2つ目の太陽になり、寒い夜が来なくなる」なんていうのは全然まだまだ現代から見たイメージで、今の私にはまったくその感覚が理解できないような夢を見ていたんじゃないだろうか。

通信電波が混信するみたいに、大昔の誰かの夢を間違って今に生きる自分が見るようなことが起きないだろうか。

そんな奇跡を信じて、今日も10時間ぐらい眠るのだ。

マグボトルこそ、わが人生

これまで、水筒に一切興味がなかった。

「水筒を持ち歩くぐらいだったら、行った先の自販機で冷たい飲み物を買えばいいじゃない」と思っていた。

しかし、どうも周りの友達が水筒を活用しているようだ。一緒に散歩していて、スッと水筒を出してなんか飲んでいる。

聞けば、水筒があればずっと冷たい or 温かい飲み物が飲めるし、家でちょうどいい濃さのウーロンハイを作って入れてくるなんていうこともできるという。「使ったほうがいいよ！」「なんで使わないの？」と真顔で聞かれる。

それでも無視してきた。行った先のコンビニでその時飲みたいものを買って飲めばいいじゃない。と思っていた。缶なら、その場で捨てれば荷物にもならないし。

しかし、心の奥底では「ちょっといいな」と思っていたのかもしれない。ある時、酔って商店街を歩いていたら、６００円ぐらいでなんとなくちょうどいい大きさに思える水筒が売られていて、衝動的に購入した。

そして使ってみたところ、これがあんまりよくなかった。まず自分がほしかったのは、フタをキュッキュッと開けたらそのまま口をつけて飲めるようなもので、そういうのは「マグボトル」というらしいのだが、今回買ったのは昔ながらの水筒。開けたフタがカップになっていて、そこに中身を注いで飲むタイプ。

いや、これはこれでいいんだけど、友達が直接グイッと飲んでる姿に憧れがあったので、「ほしかったの、これじゃない」という感がある。

さらにコップになるフタのフチの口当たりがなんともしっくりこないのだ。どうもちょっと痛いっていうか、馴染まない。

「これはだいぶ安物を買ってしまったのかな」と思って、数日間ふさぎ込んだ。しかしそれからしばらくして、ふと入った駅ビルの雑貨店でなんともちょうどいい「マグボトル」を見つけたのだ。

今度は2500円ぐらいだ。フタを開けたらそのまま飲める。さらに、かなりの保温効果があるようなことを謳っている上に、ステンレス製のボディがオシャレ。なんの文句もない。

「これだ！」と思ってレジに持って行った。今度は、家に帰って実際に使ってみても違和感なし。「探してたのはこういうやつよ！」と、リュックに入れて持ち歩くようになった。

保温性は確かにすごくて、真夏の路上でキンキンに冷えた麦茶が飲めるのには感動した。

さらに例の「行った先で飲みたいものを買えばいい」っていう意見についても、自販機で冷やされた飲料を買った上で「マグボトル」に移し替えたっていいのだ。そうすれば長時間ずっと冷たいのである。これには一本取られた。

「マグボトルすげ〜！」と、新しい人生が始まったような気持ちでいたある日、時間潰しに立ち寄った梅田のデパートで、なんともちょうどいい形、そしてちょうどいい配色のマグボトルに出会ったのである。

今度は3500円ぐらいする。自分が今

使っているものより凝った機構になっていて、フタを開けた時の口径が広く、内部の手入れもしやすい。手に持った感じもすごくしっくりくる。

「俺がずっとほしかったのってこれなんじゃないの?」と思い、レジに持って行った。

使ってみると、まさにこれこそが求めていたものと断言できる使いやすさだ。サイズ感もちょうどいい。

しかし、ここ数週間のうちに水筒を3つも買ってしまった。水筒って、こんなにたくさん必要なものでは決してない。

なんだろうこれは。前の2つは「この3つ目にたどり着くために必要だったもの」なんだろうけど、かといって捨てるようなものでもない。「いざという時のために」と台所の棚にしまってあるのだが、「いざという時」って何なんだ。想像できない。

友達が2人遊びに来て、散歩にでも行くかっていうことになって「おい! 水筒持っていけよ! 2人の分もあるからさ」という時しか思い浮かばない。

そんな時が来るだろうか。

しかもさらに怖いのは、自分がさらに素晴らしい「マグボトル」に出会った場合である。もちろん、私は躊躇なくそれを購入すると思う。すると、家に不要な水筒がまた1つ増えるのだ。

私はいつからこんなに「マグボトル」のことばかり考える人間になってしまったのだろうか。

コカ・コーラをぶっ放せ！

子どもの頃、地域の夏祭りに参加するとやたらお菓子がもらえた。

私が住んでいた町は住宅が少なく、中心部に大企業がたくさん立ち並んでいて税収が豊かだったため、資金にも余裕があったのかもしれない。とにかくやたら色々もらえた。

お神輿をかついだりしなくても、近くに立ってるだけで袋いっぱいお菓子をもらえた記憶がある。

ある時、ジュースを大量にもらったことがあった。一番小さいサイズ、160㎖入りのコーラを山ほどくれた。「うっめぇ～！」とゴクゴク飲みほして、さっきの所に行くとまた何缶もくれる。仕入れの数を間違えたのか、と思うほどの大盤振る舞い。

最初はよく冷えたジュースのうまさに騒いでいた私と友人たち数名であったが、すぐにその味に飽きてしまった。

そして誰からともなく、そのコーラのミニ缶を投げて、持っていたバットで打つという遊びが始まった。

先に言っておくが、今そのようなもったいないことをしてるキッズを見かけたら、ものすごい勢いで走って行って「おじさんに飲ませて！」と叫ぶだろう。

ジュースがあり過ぎて困ることなんかない。いつだって飲みたい。

だがその時の私たちは飽食の快感に魅了されていた。

ミニコーラ缶をバットで打ったことがあるだろうか？　もっっっのすごい爽快に爆発するのである！　逆にコーラのＣＭに採用され

るんじゃないかというほどのド派手な爆発。「アメリカーン!」とでも叫びたくなるような。

繰り返していうが、あんなもったいないことをしてギャーギャー騒いで、なんと品のない子どもだったのかと思うが、でも……どうしてもあのコーラ缶をバットの芯でとらえた瞬間の感触が忘れられない。

最近、無性にコーラを打ちたくて仕方ないのだ……。どうしたらいいんだろう。誰にも相談できないし、途方に暮れている。

いつかの屋上メモ

7年ぐらい前、まだ東京にいて会社勤めをしていた頃、いつもお金がなかったので、昼になると家で作った弁当をデパートの屋上で食べていた。私と同じように家から弁当を持ってきていた同僚と一緒に食べることが多かった。

さっきなんとなく、パソコンのデスクトップ上にある昔の色んなファイルがゴチャゴチャに詰め込まれた、まるで散らかった自分の部屋そっくりのフォルダの中身を見ていたら、その中に、同僚と屋上で話したことや感じたことをメモした「屋上メモ」というタイトルのテキストファイルがあった。

〈6月16日〉

はれ。まぶしいが、風があってちょうどよい。

朝礼の時、偉い人たちは別の人が話している時に寝たりケータイをいじったりしていいのは何でなんだろう。俺たちこそ、朝礼で交わされる話に最も関係ないのに、と話す。

○○君が昔、新宿のクラブで仲よくなった人に名前を聞かれた時、そいつの友達が横から「こいつ、名前ないんだよ!」と言ってきた話。名前が「ない」って意外で面白い。

〈7月3日〉

くもり。風があってよい。

同僚が語っていた「セックスさん」の話。同僚の友達が「セックスさん」と呼ばれる面白い人と仲よくなった。とにかくみんなに「セックスさん」と呼ばれているらしい。

後日、その友達が別の友達たちと飲んでいる時にデジカメで撮った写真を見せて「面白い人に会ったんだよ。ほら、この人。セックスさん」と言ったら「え? わたしがセックスさんなんですけど」とその場にいたうちの1人に言われた。友達がセックスさんだと思ってた人はセックスさんではなかった。っていうかセックスさんって何?

老婆がハトにパンをあげて、徐々にハトの態度が大胆に。最後は頭に止まられていた。

〈7月8日〉

朝どしゃぶりだったのが昼前に止んだように見えたが、屋上に着くなりポツポツまた降り出した。髪の毛がぺったんこになるから気が進まないが他に行く場所もないので仕方ない。

傘をさしながら弁当。2人とも無言。

「ハトって何でも食うのかな?」

「食うんじゃん?」

という会話のみ。

〈7月9日〉

寒い。風で同僚の牛丼のフタが飛んでいく。

同僚の体験談。近所を歩いてたら見知らぬおばあちゃんに呼び止められ「今、姉がボケちゃって大変なの。人に見てもらうと落ち着くと思うからちょっと来てくれる?」と言われたそうだ。

で、案内されるまま寂れた民家に上がり込み、引き戸を開けたら全裸の老婆がいて目があった。「あんたは! いつもそうやって人を連れてきて！」と姉らしき人は落ち着くどころかむしろヒートアップ。

すぐに家を出て、妹のほうの老婆が「ごめんなさいね。あなたビール好き？　コンビニで買ってあげるから」と言うが「あ、財布忘れちゃった！　絶対に今度ごちそうするから前を通ったらまた家に来てくれる？」と言われたそうだ。

〈8月3日〉

『学校へ行こう！』というテレビ番組を見たら、男子学生がめっちゃくちゃ綺麗に女装する企画があって、それが本当に可愛かったという話を同僚とする。

「人間全体が綺麗になってるよな。男も女も」「俺たちは最後の世代なんじゃないかな。綺麗じゃない人間の」と話す。

部署に今度新しい女性社員が入ってくると同僚が今日聞いたらしい。どんな人なのか聞いても上司は「とにかく大きい人！　190センチは絶対あると思う。2メートルかもしれない」と、大きさしか教えてくれないので、イメージがどんどん膨らんで不安になっているそうだ。

……と、こんな感じでどうでもいいことがダラダラとメモしてある。

外を歩いていると、風が吹き、小さな竜巻ができて葉っぱやチリを巻き上げ、すぐに消えていく、という光景を見かけることがある。まるでそんな風に、生まれてはすぐ消えていくやり取り。

というか人間自体、その一瞬できた竜巻のように、今たまたま自分の形を取っているだけで、また時が経てば跡形もなく消えていくに違いない。

絶体絶命のピンチと口内炎

先日、ふとした拍子に口内炎ができ、それがけっこう長引いて私を苦しめた。

四六時中痛むというわけではないのだが、何かを食べたり飲んだりする時に激痛が走る。なんだよこれ！　栄養取らないと治らなそうなのに栄養を取ろうとすると痛いってどういうことよ。「やってられんわ！」と思うが、引っぺがすわけにもいかない。

そんな間にも仕事があったり、人と会ったりするわけだが、もちろん周りの物事や人たちは私の口内炎などとは関係なく現れ、過ぎていく。ごくごくパーソナルな痛み。

その痛みにあえぎながらふと思い出したのが、以前見た映画『レヴェナント』のことであった。正確には『レヴェナント：蘇えりし者』というタイトルだ。

レオナルド・ディカプリオが主演で、彼は毛皮ハンターの一員なのだが、クマに襲われて瀕死の重傷を負う。血が出まくって骨が折れまくって、意識も薄れかけている。あまりにひどいケガなのでハンターチームは「もう助からない」と判断。彼を置いていこうとする。で、その彼を「さっさと始末しちまおうぜ」と殺そうとする男がいて、その悪いやつを、同じチームの一員だったディカプリオの息子が止めようとして、殺されてしまう。

その一部始終を目撃していたディカプリオは執念で生きながらえ、足を引きずり、とりあえず食べられるものはなんでも食べて息子の仇を打とうとする。

「もういいよ！　こんなに大変なら死んだほうが楽だよ」と思うほど凄絶なサバイバルムービーなのだが、それを見ていて、「きっとあれだけ過酷な状況だったら口内炎が相当できてるんじゃないか」と思ったのだ。

ケガからの回復のために滋養が必要なのにほとんどまともな食べ物が摂取できない。途中でアザラシの肉を食べるのだが、一緒に野菜を食べるような余裕はないので栄養は相当偏っているはず。10個ぐらい口内炎ができていてもおかしくない。

しかし、当たり前だが、ディカプリオが口内炎を痛がるようなシーンはない。それどころじゃないのだ。骨が折れてるんだから。

人は、めちゃくちゃ痛い部分が他に色々ある場合、口内炎のことなど構っていられないのだ。何か大きな目的がある場合にも同様だ。

戦国武将がいよいよ決戦に挑もうとするその時、「口内炎が痛いので1週間後に出陣じゃ！」と言うことはないだろう。

大きな痛みや目標の前では口内炎の痛みなど、なかったことにされる。「はいはい！それぐらいガマンガマン！」と。

同じように、国や町や、どんな単位でもいいけど、大きな組織がある方向へ動こうとする時、誰か1人の抱えた小さな痛みは簡単に無視されることになるだろう。

いや、小さな痛みじゃないのだ、口内炎は本当に痛いのだ。

大義名分を背負った大きなものの前にはいつも小さなものが見落とされる。それは仕方ないことなのかもしれないけど、とても怖い。口内炎の鋭い痛みにうめきつつ、私はこの痛みの側にいつもいたいと思った。

見つからないほうがいい箱

東京に住んでいた頃、パソコンを乗せていた台(もともとはテレビを置いていた台だった)についている引き出しにクッキーの小さな空き箱をしまっていて、その中に「絶体絶命の時にしか使っちゃいけないお金」を入れるようにしていた。

「絶体絶命の時」はかなり頻繁に訪れ、箱の中は何度も空になっては、思いがけず得たお金の中から少し補充しておいて、それがやはりまた空になってを繰り返した。

ある時、両親の故郷である山形の祖母がお小遣いを2万円くれたことがあった。

私はその祖母のことが大好きで、今でもよく夢に出てくる。


その祖母は歳の割に丈夫でハキハキ動いていたのだが、ふと病床に伏し、それから程なくして亡くなった。

祖母が亡くなり、最後にもらったお小遣いの2万円はクッキーの空き箱に入ったまま、「絶対使わないお金」になった。

いや、正確にはそのうち1万円は使った。

でも最後に残った1枚の1万円札だけは、あの時祖母が手渡してくれたものだから大切にしようと思い、しまったままにしておいた。


で、それから時が流れて大阪へ引っ越してきたのだが、そのクッキーの空き箱がいくら探しても見つからないのである。

私の部屋は物がとにかく多いので、引っ越してきたままになっているダンボール箱も押し入れの中にたくさんある。しかしそれらを片っ端から開けてみてもやはりクッキーの箱は見つからないのだ。

なんでそんなにやっきになって探している

かというとお金がないからである。

結局どうしても見つからないから諦め、なんとか金策に駆けずり回って貧窮状態を乗り切るのだが、日が経ってまたお金がなくなると、あの箱を探して部屋中をひっくり返す。でもやっぱり見つからない。その繰り返し。

おばあちゃん、相変わらず俺はしょうもない。そう思いながらも、この「お金が必要になると自動的に祖母を思い出さざるを得ないシステム」が、なんだかだんだん好きになってきた。もう、箱がずっと見つからないほうがいい。

第3章

肘と
眠気と
ほとばしる情熱

糸のような水を見る

私の幼なじみで、一緒にバンドをやっていたりもして、ずいぶん長い付き合いになるミヤマ君という人がいる。

東京都内の割と交通の便のいい場所にミヤマ君の家はあり、友達何人かでワイワイと飲み会をしようという時など、その家が会場になることも多い。

ミヤマ君は料理好きで食へのこだわりがあるので、台所から気の利いたつまみが運ばれてきたり、レアだという日本酒が出てきたり、こっちは座っているだけでおいしい思いができる。

もちろん、空調も快適。どうしても眠くなってソファに横になったらそっと毛布をかけてくれるような優しいところもある。

至れり尽くせりとはまさにこのこと。これで席料もゼロ円なのだから居酒屋に飲みに行くのがアホらしくなる。

のだが、たった1か所だけ難点がある。ト

イレのタンクの水がなかなか溜まらないのだ。

どうでしょうか、みなさん。トイレに入った時、2回ぐらい水を流すことありませんか？

節水を徹底するなら1回の水洗で済ませるべきなのだろうが、最初まずダーッと流して、その後に入念にお尻を拭いたりだとかして、2回流したい時。そういう時に、1回目を流してから水洗タンクの中が満水になってもう1回流せるようになるまで、ものすごい時間がかかる！

そう、それこそがこの家の唯一の難点なのである。

多くのタイプの洋式トイレでは、一度水を流すと、タンクの上部についたパイプから手洗い用の水が出て、タンクへと注がれ（っていうか、あそこで手を洗った水はタンクの中に入るわけだけど、あの中を掃除することとかないし、雑菌とかすごいことになってんじゃないの？といつも不安になるのだが、それは今度ゆっくり考えるとして）、それでその注がれた水がいっぱいになって、また水洗できる状態になる。

そのパイプから流れ出てくる水が、超超超、細いのだ。まるで糸。絹糸。

その糸のような水の流れがかなりの大きさの水洗タンクを満水にするまでの時間、ただ、待つしかないのだ。

ミヤマ君いわく、水道の不調が原因でどうしてもそういう状態のままなんだそうだ。

考えてみれば、1人で生活する分には、万が一そのような状況になっても、一度トイレを出てしまって、色々用事など済ませて時間が経った後にまた流しに行けばいい。というか、別に今度トイレに行きたくなる時まで流さなくったってそれでいいならいい。つまりそれほど大急ぎで直す必要があるものではないのかもしれない。

しかし、複数人でワイワイ家で飲んでいるような状況だと、次に利用する人のためにも完璧な状態でトイレを出たいではないか。

じゃあどうするかっていうと、どうもできないのだ。さっきも書いた通り、待つしかない。

あとはもう水を流しさえすれば外に出られる、という状況。ズボンもしっかりはいていて、便器の前に立って、糸のように細い水をじっと見る。見続ける。

水がタンクに落ちる音の響き方からして、タンクの中の水はまだ50分の1も溜まってない感じだ。この分だと1時間ぐらいはかかるんじゃないだろうか、という感触。

細い水を見るのに飽きて、壁を見る。というかなんでスマホをポケットに入れて持って来なかったんだろう。

ドアの外からはぼんやりとみんなの話し声が聞こえる。

早く席に戻り、その話の輪に加わりたいが、私は壁を見ている。白い壁には抽象的な図形のようなものが描かれていて、それで迷路みたいに遊べないかなと思ってちょっとやってみるが、すぐに行き止まり。

再び水の先を見る。細く尖った水の先がほとんど金属のように見えてくる。タンクに落ちる水音に変化はない。深い井戸の底に落ちていくような、遠い音。

この時間はなんなんだろう。

これほど純粋に時間の流れを感じる機会が他にあるだろうか。深夜高速バスの暗闇の中で眠れずに過ごす時間がちょっと近い気がするが、あれは目的地に向かって移動している時間なんだからこれよりよっぽど意味がある。

こっちはただ流すための水を溜めているだけなのだ。砂時計をひっくり返し続けているような、ただそれだけの時。気持ちが透き通ってくる。

最悪なのは痺れを切らし、タンクの水がまだ十分に溜まっていないのに流してしまうことだ。その場合、中途半端な水流しか起きず、全然トイレットペーパーが流れない。流れない上に「はい！ 最初からやり直し〜！」という、これが一番愚かである。

だから絶対に焦ってはいけない。なんなら便座に座って少し眠ったほうがいいのかもしれない。

どれだけの時間が流れたのか、ようやく時がきて、無事2度目の水を流し終え、部屋へ戻る。

また誰かがトイレに入っていく。彼もあの時間を味わうことになるのだろうか、と一瞬考えるが、次の瞬間にはどうでもよくなって酒を飲む。

つい先日、ミヤマ君が家をリフォームしたと聞いた。トイレは直ったのか、早く確かめたい。

あきらめボックス

年末、部屋を片付けようと思った。

4畳ほどの部屋の中には、買ったはいいが全然読んでない本を床に積み上げたものが何タワーかあり、それを慎重にまたぐようにして奥へ行くと押し入れがあって、そこには引っ越してきて以来ずっと段ボールに入りっぱなしの荷物が詰め込んである。

それらは本の段ボール、録画したVHSの段ボールなどジャンルによって大きく分かれているのだが、分類の難しいもの、例えば昔行ったコンサートの半券とか、銀行でもらったボールペンとか、こまごましたものがもう全部諦めて一緒くたに入った大きな段ボールが1つある。

「この段ボールをなんとか整理したい。今年こそ」と思って整理に取り組んだ。

中学生の時の生徒手帳、海外旅行に行った時に旅先で知り合った青年が不敵な笑みを浮かべながら1枚くれたヌードトランプ、全然可愛くない缶バッヂ、拾った石、かっこいいと思ってもらったフライヤーがぐちゃぐちゃに折れ曲がったもの、などが混然としてそこにある。

自分が今まで手に取った物の中で、これは持っておく価値がある、と一瞬でも感じたものは全部詰め込んである。

そのめちゃくちゃさを前にして、途方にくれる。いらないと言えば全部いらない気もするが、これこそが自分、という感じもする。

それでうんざりして段ボールを閉じて、掃除自体をやめることにする。

そんなことをほぼ毎年繰り返している。

そのカオス箱を開け、これまで自分の人生に流れた時間をぐおーっとすごい勢いで感じることが、ほとんど儀式のようになってきた。今年もまた去年までと同様、整理のつかないまま生きていくんだろうと思う。

さっきまで攻撃してきてた味方

数か月前から、ニンテンドースイッチの『スプラトゥーン2』というゲームをずっとずっとやっている。

私はそれまで友人たちに「あれ面白いからやってみ!」と言われてもまったくこれっぽっちも興味を持てずにいたので、これからする話が、当時の私のようにまるで興味のない人にも理解してもらえるように、できるだけ努めるつもりだ。

『スプラトゥーン2』は2色のインクを塗り合って陣地を広げあうバトルゲームで、いや、他にも色々なモードがあるのだが、基本的には陣取りゲームで、ゲームの中心になっているのは、オンラインで見知らぬ人たちと戦うモードだ。

ランダムに選ばれた4人が1チームとなって、敵チームとどっちが自分たちのインクの色の面積を広くできたかを競い合う。「ランダムに選ばれる」っていっても、完全なランダムではなくて、だいたい技術レベルが近いユーザー同士がマッチングされるようになっているみたいだ。

で、参加者はたくさん用意されている武器の中から好きなのを選んで、それでインクを塗り合うのだが、「武器」と表現した通り、バババババッと弾丸のようにインクを飛ばし、敵チームのプレイヤーを倒すこともできる。武器には塗る機能と相手を倒す機能があるわけだ。

なので、当然自分が敵チームのプレイヤーを倒すこともあるし、敵チームのプレイヤーに倒されることもある。私は一向に上手にならないので、いっつもバババババと撃たれてやられてばかりだ。

敵にやられると、一定時間操作ができなくなって、しばらくすると復活する。その復活までの時間、画面には自分を倒したプレイヤーが映し出されるのだが、その間に、敵プレイヤーが「煽り」という行為をしてくることがある。

「やーいやーい！ 死んでやんの！ ザコめ！」みたいな感じのメッセージを、プレイヤーの動きで示す、まあ挑発行為みたいなものだ。

最初にそれをやられた時は意味がわからなかったのだが、「あれは煽りっていうんだよ」と聞いて「え〜！ ひどいやつもいるもんだ！」と驚いた。しかし実際、その「煽り」っていうのをやってくるプレイヤーはけっこういる。

弱い私はよくそれをやられ「チキショー!!」と反撃に向かい、瞬殺されてまた「煽り」をくらう。頭に血がのぼる。

そうやって「あなたのチームが負けました」となって、「あーあ」と落ち込んで、「よしもう1試合だ！」と次のバトルをするわけだが、そしたらさっき敵チームにいて自分をめちゃくちゃ挑発してきたプレイヤーと今度は同じチームとして一緒に戦うことになったりする。めっちゃくちゃ腹立つやつと一緒に戦うのだ。一丸となって。

この時、なんとも妙な、あまり味わったことのない難しい気持ちに私はなる。

と、ここまでできるだけ頑張ったつもりだが、知らない人にはなんのことやらという文章になってしまっているかもしれない。

テニスのダブルスをしているとして、相手チームのめちゃくちゃ陰険な戦い方をするやつと、次の試合では同じチームになる、みたいな。

野球をやっていて、強打者には故意にデッドボールを投げることも辞さないような敵チームの陰険ピッチャーが、いきなり自分のチームに移籍してくる、みたいな。

プロレスをしていて、ダメージが大きい割に地味な技を執拗に自分に対して繰り返してくるような嫌な敵がいて、それによって肩が上がらなくなってしまった自分とその敵が次の試合でタッグを組み、上がらなくなった私の肩をそいつがポンと叩いてきて「よし！　頑張ろうぜ！」と言ってくる、みたいな。

なんというか、「いやいやいやいやちょっと待って」と言いたい。でもなぜだろう。その滑稽なほどの手のひら返し的な状況に笑いが込み上げてくる。

「昨日の敵は今日の友」という言葉がある。中学生の時に熱中して読んでいた『少年ジャンプ』のマンガの中ではよくあることで、ものすごく強い敵にやっと勝つと、その敵が急にいいやつになり、自分の味方になったりする。

最初から味方だったやつに比べて、最初は敵だったのに今は味方のやつって、なんか調子がよすぎて、だからこそ不思議な存在感がある。

裕木奈江が好きだった

中学時代、裕木奈江が相当好きだった。本格派の若手女優みたいな感じで割と華々しく登場したのだが、ちょっと不思議少女っぽいというか、それも天然でやってるって感じじゃなくて、カマトトぶってる風にも見えるようなところがあり、世間受けは悪かった。

『ポケベルが鳴らなくて』というドラマでサラリーマンと不倫する年下女性の役を演じると、それを見た女性層からの反感を買い、「あの女きらい！」みたいな声が大きくなって、すーっと人気がなくなってしまっていったように思う。

が、自分は世間のバッシングが強まれば強まるほど「俺が裕木奈江を守る！」「俺だけは味方だ！」と、散らかった部屋の中でひとり気持ちを高ぶらせていた。というか、中学時代は「色んな災難から女性を守る俺」というマッチョな恋愛観だったのだが、いつの間にか「強い女性に守ってほしい俺」の側になっていた。なぜなんだろう。

裕木奈江は女優と並行して歌手業にも力を

入れていたのだが、『森の時間』『旬』といったアルバムがどれもすごくよくて、特に『旬』は、今でも冬になると繰り返し聴いている。作曲陣に小室哲哉や細野晴臣が参加していたりして、ポップスとしての完成度が高い楽曲に裕木奈江が吹き込む「暗さ」がたまらない。『冬の東京』っていう曲なんか、華やかな東京の夜景の中を行くあてもなく歩いているような心細い気持ちがやけに掻き立てられるのである。

『a Tree』というコンサートの模様を収録したビデオが出ていて、何度も繰り返し見ては感極まって涙していたものだ。ちなみに、そのコンサートの中では『はっぴいえんど』の曲をカバーしていたりして(その頃自分ははっぴいえんどをまったく知らなかったが)、そういうのもちゃんと聴いててカルチャー的なバックボーンもありますよという雰囲気もかえって誰かの鼻についたのかもしれないと、今になって思う。

時は流れ、邦楽に詳しい知り合いから「裕木奈江は『水の精』ってアルバムがとにかく名盤だよ」と言われて驚いた。自分はなぜかそのアルバムを持っていなかったのである。それからというもの、検索したりブックオフを回ってみたりしているのだが、やたらプレミアがついて高かったり、まったく見当たらなかったりで、ここ10年ぐらい買えないでいる。いつも思い出しているわけではないのだが、中古CD屋があると「ゆ」の欄をのぞいたり、たまにヤフオクで調べたりする。

と、トータルして考えると、自分は裕木奈江のことをずーっとうすぼんやりと考え続けてきたのではないかと思う。それほど情熱的に追いかけてきたわけではないのだが、絶えずつきまとっている感じ。そして裕木奈江のことを考えるたび、「女の子を汚れた世界から守るんだ!」と思っていた昔の自分のことを思い出してなんだか少し懐かしく、悲しくなるのであった。

意味のない線

なんでもアマゾンで買う時代になり、本屋での「おっ！ こんな本出てたの!?」という受動的な出会いがなくなって味気ない。

と、もちろんそのように思う私だけど、便利さに勝てず、アマゾンで買い物することが多い（あの、「ほしいものリスト」に今度買おうかどうしようか、というレベルのものをとりあえず放り込めるのが私の性にあっているんだよな）。

アマゾンに限らず、私はネットで色々買う。

例えばメルカリで古着を買うと、箱を開けた瞬間に「あちゃ〜！ こんな色だったの!?」みたいに、一瞬で「はい失敗！」と判明する時がある。通販で買ったものでも、新品だったら返品・交換などを受け付けてくれるところもあるんだろうけど、メルカリやヤフオクみたいに取引相手が個人であるような場合、自分がじっくり商品説明を読まなかったのが悪くて、文句を言うのはお門違いだったりする。

実際、「ノークレームノーリターンでお願

いします」と、大抵の出品者は商品説明欄に書いている。

この、開封した瞬間に「はい失敗～！」とわかる感じは、もちろんショックなのだが、これはお店での買い物にはなかったものだよなと、新鮮な気もする。

だいぶ前に友人から年代物のカセットテープレコーダーを譲り受けた。もらったままずっと押し入れにしまってあったのだが、最近カセットテープでリリースされる音源がけっこう増えてきて、そういうものを再生したくて引っぱりだしてきた。

単2電池6本でも動くのだが、ACアダプターをつないで動かすこともできる。いちいち電池を用意するのも面倒なので、アダプターを使いたい。しかし、友人からもらったものにはその電源コードが付属していなかった。

なんせ古い機械なので、コードを差す穴がパッと見た目にも特殊な形状をしている。型番で検索したりして、この線なら差さりそうだなというものを根性で探し出し、調べてみるとちょうどヤフオクでそれらしき電源コードが出品されているのを見つけた。

よし！ これだ！ と思ってすぐ入札。数日して無事落札。それからしばらくして出品者から送られてきた荷物が届き、急いで開封。そしてテープレコーダーのボディに差す……いや、差さらない、穴の形が全然違う！

「はい終了～！」

出品者も「ジャンク品」みたいな言い方で安く出していた品なので、これはもう私の失敗として、とはいえすぐ捨てるのはしのびなく、今も机の引き出しに入れてある。なんにも使えないただの線。

買ってみたらサイズが全然あわなかった服。「えっ⁉ バックプリントにこんな変な柄入ってたの⁉」みたいなTシャツ。

そんなものが家に届き、一瞬で失敗だったと気づく時、なぜか笑ってしまう。

豆腐ぐらい大きな歯

あなたの歯が急に痛くなったとする。虫歯かな……と不安に思いながら舌先で痛む歯を触る。その時、すごく歯が大きいと感じないだろうか。

私のイメージではだいたい、豆腐1丁を縦にしたぐらいの大きさに感じる。全然伝わっていなかったらと思うと少し心細いのだが、「実際の歯のサイズ（何ミリとか）よりも、頭の中に浮かぶイメージのほうが大きくないですか？」という意味です。

私の場合、歯の1本1本が豆腐1丁ぐらいの大きさのイメージなので、口の中がけっこうな広さに感じる。目で見たらそんなことないのがすぐわかるんだろうけど、口の中の広さを舌の感触だけで想像しているから視覚的な大きさと異なるのは当然だ。

昔、歯医者さんで歯を削られる時に「痛かったら教えてくださいね」と言われて、いざ処置が始まると飛びあがるほどの激痛が走り、思わず「痛いです！」と声が出た。

そしたら、言ってって言われたから言った

のに「あとちょっとだから我慢してください」と歯科医は取り合ってくれない。

削る側からしたら残りほんの1ミリだとしても、私にとってはそれが1ミリだとか1センチだとか、削る規模の大小は関係なく、ただ、激痛なのである。こっちからすれば一大事なのだ。

歯科医でありながらなんて患者の痛みに鈍感な人なんだろうと驚いた。あの歯医者……まあいいんだ、それは。

口の中のスケール感が面白い気がするという話だ。

フリスクとかミンティアの1粒、あれも目で見てから口に放り込むからもちろん大きさを知って食べているけど、試しに口の中に入れて、目を閉じてじっと舌でその大きさを確かめてみてほしい。

大きさの感覚が変わってこないだろうか。なんとなく、アイスホッケーの選手が追いかけている黒い円盤ぐらいの大きさに思えてくる。

もしかしたら私たちは視覚に頼り過ぎているのかもしれない。口の中に限らず、目を閉じて、指先だけで物の大きさを確かめたり形を確かめたりして、イメージした後で目を開けると全然違ったりもする。

２人いればできる遊びなのでぜひやってみてほしいのだが、１人が目を閉じ、もう１人が部屋の中にある物の中から何かひとつを手に取り、目を閉じている相手の手のひらに乗せる。

乗せられたほうは、目を閉じたまま、手の感触だけでそれが何であるかを当てるのである。めちゃくちゃ単純なゲームだが、まったくイメージできないものを乗せられると本当に恐怖を感じ、追い込まれた末に「えーと、タランチュラ?」とか、珍回答が続出したりしてけっこう楽しい。

と、書きながら思ったのだが、私の舌の感覚や指先の感覚のスケール感が視覚とうまく合っていないのは、視覚に頼れることが前提としてあるからなのかもしれない。

例えば何らかの事情で視覚が失われた場合、

物の大きさを触覚で正確に把握する必要が生じるわけで、今の私のような見当違いのスケール感覚ではダメで、もっと触覚を研ぎすます必要が出てくるのかもしれない。

あとそうだ、職人さんで、例えば団子をこねる作業に熟練しているような人は、手の感覚だけで、1つ1つの団子をほぼ同じ重さに作ることができるんだろうし、そうか、つまり自分が鈍感なだけなのかも。

でもなぁ、歯はやっぱり豆腐1丁ぐらいのイメージなんだよな……。

絶対かけないレコードも持っていく

テクノと呼ばれる音楽の中でも特にミニマルなグルーブを追い求め続け、シーンの激しい移り変わりからも超然として、ただひたすら自分の道を突き進むかのようなアーティストが『ジェフ・ミルズ』だ。

ジェフ・ミルズといえば、『電気グルーヴ』の影響で高校生の頃、1995年ぐらいからテクノが好きになり、夢中でCDやレコードを買いまくっていた自分にとってはとんでもなく大きな存在で、いや、正直、ジェフ・ミルズの音楽とは全然違うものばっかり聴いていた時期もあるんだけど、たまに思い出して聴くと「改めてすげーな」と毎度驚く。

ジェフ・ミルズはいつもなにかしら面白いことを試みているから、目に入ってくる情報があればチェックしているのだが、先日ネットにアップされて話題になった『RA』という音楽サイトのインタビューがとてもよかった。

全編に渡って印象深い発言の連続なのだが、中でも心に残ったのが「毎回ギグに持っていく決まった曲はありますか?」という質問、つまり「DJする時に必ず用意していくお決まりのレコードかCDはあるか?」という質問に対して、「かけないレコードも含めてそういうものはある」と答えている部分だった。DJをする時「〝かけないレコード〟も持っていく」というのだ。

ジェフ・ミルズはこう語る。

「例えば90年代のレイヴ時代はバッグに『James Brown』のアルバムを入れていた。かけるわけじゃないんだが、レコードを選んでるときに目に入って、ファンキーさを忘れてはいけないと思い出す」

実際にそのレコードを聴衆の前で再生することはなくとも、それが目に入ることが自分に影響を与える。

この話を目にして、精神医学者の中井久夫が書いていた文章を思い出す。それは「本は読まなくても、部屋の本棚に並んでいるだけで価値がある」という主旨のものだった。

自分の部屋の、毎日目にする本棚に並んでいる本。その本の背表紙をサーッと自分の視線が撫でる、その時に、本の背表紙のタイトルが目に入るだけで意味があるというのだ。

自分が興味があって買った本なのだから、その本を開けばきっと何か自分が知りたいことや予想を超えて面白いことが書かれているはず。その可能性を脳が一瞬でも感じられるだけで、すでに何らかの役割を果たしているのである。

私はこの話が大好きなので、何度も人に話したし、このコーナーでもすでに書いているかもしれない。「そんなに本買ってどうすんの？　全部読めるの？」とか聞いてくる人がいるけど、言い返せる。たとえ読まなくても、背表紙が目に入ってくるだけでいいんだ。

私はよく平日、道に立って発泡酒などを飲む。それも、路上で酒を飲む自分の姿を速足で町を行き交う人たちに見せることで「あなたたちのスピード感とは別の速度の生き方があるんじゃないでしょうか?」という提案を投げかけているつもりなのだ。

打ち合わせ場所に向かって険しい顔で歩き過ぎるビジネスマンの視界の端に一瞬、立って酒を飲んでいる人間の姿が目に入る。「ふんっ。あんな昼から酒飲んでるような意味のない人間にだけはなりたくないわ」とまで思うかはわからないが、まあ、彼はそのまま足早に去っていくだろう。

しかしそれから10年後。相変わらず苛烈なビジネスの世界に生きていた彼がふと立ち止まり、「なんか疲れたな」という時に、「たまには会社を休んで無駄な一日でも過ごしてみるか」と思ったとして、そのきっかけの1000万分の1に発泡酒を飲む私の姿がないとは限らない。長い時間を経たサブリミナル効果みたいな。

一瞬目に入るだけで意味があるものもある。町の中でダラダラ過ごす。その姿を忙しい人に見せる。それも1つの行動なのである。

いつか絶対やる

やろうと思っているけど、実際やらないことがたくさんある。

前に一度食べておいしかったカレー屋に、また食べに行こうとずっと思っている。けど行かない。そう思い始めてからもう半年ぐらい経っているのに。行こうと思えば明日にでも行けるのに。

行動力に欠けているので、何かしたいと思ってもすぐにはやらず、まずはアマゾンの「ほしいものリスト」みたいな感じの、頭の中の保留スペースにしまっておく。「リーバイスのアウトレットに行くとジーパンがかなり安いらしい。そこでジーパン買おう」と思い始めてからもう2年近くになる。リーバイスのアウトレットショップが家から電車で1時間ぐらい行った場所にあることまでは調べて知ったのだが、そこから先が進まない。

そんな風に「やったら楽しいだろうな」と思ったけどやらないでいるうちに忘れてしまっていることもたくさんあると思う。

私のスマホのブラウザのウィンドウは常に100個近く開きっぱなしで、その1つ1つが、いつか行ってみようと思う飲食店の情報だったり、今度買ってみようと思う日用品の紹介ページだったりして、実際にそれが達成されたら消していくのだが、まったく消去が追いつかずどんどん増えていく。

私は特にそういう保留状態のものを多く抱えている部類に入るのかもしれないが、しっかり計画通りにテキパキこなしていく性格の人であっても〝いつかやろうとぼんやり思っている〟というレベルのことは日々のテキパキとは別にあるんじゃないだろうか。

「仕事忙しいけど、いつかスノボ行きたいんだよな。昔はけっこう上手だったんだけどな」と思いながら何年も経っている、とか。「余裕できたらフラダンス習ってみよう」とか。なんでもいい。

そういう風に、いつかやろうと思われたけど結局実行に移されず、現実にならないままその人が死んでしまったり、そのこと自体を忘れてしまい、そのまま消えていくことがこの世界にはたくさんあるんだろうなと思う。

もしかしたらその中には誰もが驚き、その後の世の中のスタンダードになっていくはずだったとんでもない斬新な行動があったのかもしれないけど、それは誰にもわからない。

誰にも知られず、現実にならず、忘却か死とともに消えていく。そんなものが世界には無数にあって、こうしている今もシャボン玉がはじけるように刻々と消えていっている。そう考えると、来週あの店のカレーを絶対に食べに行こうと思うのだった。

頭の中のサミット

この間ふとミクシィを開いたら、10年ぐらい前の自分の日記がまだ残っていた。それを読むと、当然だがその時の自分による文章が書かれている。

今よりもだいぶテンションが高い文章ではあったが、やっていることはだいたい今と同じ。会ってる友達や、楽しいと感じていることもだいたい同じ。そりゃあ、同じ自分なのだからそうなのだが、なのになんだか他人のようにも思える。

不気味な感じさえする。自分そっくりの、よく似たやつのようにも思える。でも書かれていることについての記憶はおぼろげにはある。その時のことは確かに思い出せる。

これは〝昔の自分〟を相手にした時だけの独特の距離感なんじゃないかと思った。例えばさっき書いたように本当に「自分そっくりのよく似たやつ」だったら、どれだけ似ていようと他人なので、こんな風には感じないだろう。

「父親が今の自分と同じ年齢の時に書いた文章」だったらどうだろう。うちの父は「生きてきて文章を書いたことなんかあんまりないよ」って本人が言っていたぐらいで、実際にそれを読むことはできないのだが（でも18歳の時にいきなり変な衝動で「人生の光と影」という短い小説を書いてみた、とは言っていた）、どうだろう、もしそれを読めたとしても、やっぱり過去の自分に対して感じる変な感じとは全然違いそうな気がする。

過去の自分は、確実に今いる自分につながっているのに、自分と違う考えを持っていたり、今の自分が「絶対やらない」と思うことをしていたりする。たまに「そんな変な思いつきを勢いでやってしまえるのはすごい」と昔の自分に感心させられたりもする。

恥ずかしくて直視できないような部分もあるが、悪くないと思える部分もある。一体、この存在はなんなんだろうか。

私がミクシィ日記を見返すまで、例えばここ1か月の間、10年前の自分のことを考えたりする瞬間があったかというと、ほとんどそんな覚えはない。私と10年前の自分とは何の関わりもなく存在しているように思える。

しかし例えば、ある物を買おうかやめようかと迷った時に「10年前ならすぐ買ってたな」という思いが頭に浮かんだとして、「10年前から進歩がないっていうのもなんか嫌だから買わないでおこう」と判断したとする。その瞬間、10年前の自分と関わった、と言えるのではないか。

そしてそう言っていいとしたら、今の自分は過去の色んな時の自分と、日々の様々な瞬間で細やかに関わり、意見をぶつけ合っているとも言えるんじゃないか。

『ドラえもん』の何かの回で、のび太が「どうしても宿題が終わらん」みたいになって、タイムマシンで未来の自分を何人も連れてくる。明日の自分、あさっての自分、しあさっての自分などなど10人ぐらいで宿題に取り組む。

その場面を私は今イメージしている。

過去の色々な時々の自分がそばにいて、今自分が直面している問題について一緒に考えている。そいつらはなんせ過去なので、今の自分よりは存在感が薄く、一番の決定権を持っているのは今の自分だ。でも確実に一緒に考えている。意見も出してくる。

この前何かのテレビ番組で誰かが「あの時の自分がめちゃくちゃ頑張ったおかげで今こうして楽に過ごせております」みたいなことを言っていて、面白いと思った。

過去の自分が10年分のがんばりをしたおかげで、その後10年が割と楽とかっていうことは、仕事とかお金のことをイメージすると理解しやすい。もちろんそんなわかりやすくないことについても同じようなことはあるだろう。一時期のすごい努力で特殊な技術を身につけたので、その後は余裕を持って生きていけるようになった、とか。

私の場合、過去の自分はだいたい怠けた野郎なので「過去の財産のおかげで今最高です」ということは全然ない。今の自分も怠けているので、未来の自分に遺す財産も同じように何もないだろう。だがそれでも、その怠けた人間なりにやったこともあって、その時点の自分だからこそ出せる意見もある。

という風に、今後50歳になり60歳になりと生きていくにつれ、自分の中に色々な時代の自分が増えていくことになる。何か大事なことを決める時は、これを書いている今の私も一歩引いた立場で会議に参加。今の私なりの意見を述べることになるんだろう。

書きながら気づきはじめた。そのサミットの参加者の中には、過去の自分たちだけでなく、ある一時期だけ濃密に関わった友人だとか、死んでしまった親戚だとか、好きだった相手とか、そういう自分にとって重要な人々もいる。好きな小説の作者や登場人物が席についていることもあると思う。有名人、そこら辺の人、それぞれ濃い薄いの差はあれ、同席している。

つまり、今こうして考えている時、私は膨大な人たちと一緒に、考えている。

安心！ポロクラブ

先日、父と2人で山形に行ってきた。

山形は父の出身地で、父が育った実家には現在、父の兄とその妻、息子家族が住んでいる。つまり2世帯で住んでいるわけなのだが、古い家だから、2世帯で住む上で「ああしたい」「こうしたい」と思う部分が色々あるようだ。それで、思い切って今年の冬から建て替えを進めることにした。来年の春には新しい家ができあがっている予定だという。

私にとって、その古い家は子どもの頃から何度となく連れてきてもらった場所で、歳の近いいとこたちと、例えば小学校低学年の時は広い畳の部屋で相撲をとり、もう少し大きくなったら2階のいとこの部屋でゲームをして遊び、もっと大きくなったら、かつて相撲をとっていた畳の部屋でいとこたちと酒を飲んで酔いつぶれたりして、つまり自分の人生における色々な時代の思い出が残っている空間なのだ。

それがもうなくなるというので「最後に行っておこうか」と父と話し、山形行きが決まった。

父は酒好きで、「15歳から飲み始めた」というのが今は70歳になるから、55年間ずっと飲み続けてきたような人である。酒歴がせいぜい20年ほどにしかならないのにもう飲める量が減ってきた自分と比べると相当な長距離ランナー。それでも寄る年波には勝てず、最近めっきり酒が弱くなってきた。

ここ数年はせっかく山形に帰省しても早々に酔いつぶれることが多いので、新幹線の中で「今回はゆっくりマイペースに飲もうよ」と方向性を定めた。

とはいえ、着いてしまえばいきなりの宴会

である。その日はちょうど山形県を挙げての大きな花火大会が開催されるタイミングで、庭先にゴザを敷き、テーブルを出して花火を見ながらハイペースで飲んだ。

父も普段よりは気をつけてゆっくり飲んでいたようだが、夕方から夜中までの長丁場だったし、トータルで見たら「普通にいっぱい飲んだ」ということになる。

さらに翌日は、同じ山形出身である私の母の姉の家に泊まることになっていた。父にとってみれば、初日であれば自分の実家だし、例えば眠くなったらサッと引っ込んで寝たりと勝手がきくが、2日目は義理の姉夫婦の家。ちょっと気を遣う必要がある。

母の姉の旦那さんもなかなかの酒好きで、賑やかに飲むのが好きな人だ。なのでこの日もたっぷり酒を飲むことになる。そこでもし父が早々にダウンしてしまったら場が盛り下がって申し訳ない。

テニスの前衛と後衛を入れ替えるようなイメージで、今夜は私が最前線で酒を飲む係を請け負うことにして、父にはできるだけスローに飲んでもらった。しかしそれでも父は疲れ果て、食事の途中で何度かトイレに籠るような始末。なんとか宴会の終わりまでたどり着いたあと、倒れるように寝床に横たわった。

私もだいぶ酔っていたのですぐに眠ったのだが、何度か「父が夜中に具合を悪くしないだろうか」と不安になって目が覚めた。

そんなことを繰り返すうちに朝になっていた。少し離れたところで寝ている父は、ちょうどゴソゴソと起き上がりトイレへ行くところだ。ふと父が寝ていた布団を見ると、驚いたことに、枕元になんだか茶色い染みのようなものが広がっている。

「あ〜！　きっと寝てる間に吐いたりしたんだろう。だとしたらちょっと風呂場で洗ってから洗濯してもらわないとな……みんなに気を遣わせてしまいそうだな」

「こういう場合、自分が処理するのが一番いいのかな……ったく、酒が弱くなったなら弱くなったなりの飲み方があるだろうに」

みたいに思いながら、同時に父の衰えが悲しくもあった。

まあとにかく、さっさと起き上がって汚れたシーツの処理をせねば！　と、起きてシーツに近づいて見たところ、茶色い染みに見えたものは染みではなく、「Polo Club」という文字のでっかい刺繍であった。

「なーんだ！　ポロクラブか〜！」という、この世で数人しか経験してないと思われる安堵。

それを経験した夏だった。

その後、東京に帰っても父は相変わらず仕事で関わる人たちと日々酒を飲んでいるようで、まあ無事みたいなのだが、できるだけ無理せずやっていってほしいものだ。

ふわっと怖かった話

先日、留守番をしていると、インターホンが鳴り「アマゾンの配達です〜！」と声が聞こえた。ところがドアののぞき穴から確認すると、いつもの宅急便の制服ではなく、普通の格好をした若い男性が立っている。

「あ、はい……」と声を出し、直後に身構えた。「なんで普通の格好なんだろう、悪い人かも」「あれ、俺、これ、ドア開けたところを棒で殴られたりしたら即やられるよな」と怖くなって、でも最終的に「えい！」と開けてみると、本当にアマゾンの荷物を渡された。中身は自分が通販で予約していた本だった。正真正銘アマゾンの配達員の方だったのだ。

失礼な妄想をしてしまったが、しかし本当にどこかへ遊びに行く途中みたいな雰囲気だった。いつからか『UberEATS』みたいに、登録すれば誰でも配達できるようになったんだろうか。それならそれでいいのだが、初めてだったので驚いた。

また「アマゾンの配達です」っていうのがなんとも便利なフレーズというか、それを言えば誰でもドアを開けちゃう魔法の言葉みたいにも思え、そこも少し怖さを感じるポイントだった。もちろん自分が実際にアマゾンで買ったんだから、その配達員の方にまったく非はないのだが。

このふわっとくる怖さは、以前にも感じたことがある。

東京に住んでいた頃のこと。仕事帰りに電車に乗り、シートに座ってすぐ眠り込んだ。かなり熟睡していたのだが、「いてっ！」と鋭い痛みを覚えて目が覚めた。顔を上げると、目の前のスーツ姿の男がこっちを見てフフッと笑い、ちょうど開いたドアから降りて行った。少し遅れて、さっきの「いてっ！」は髪の毛を抜かれた痛みだと気づいた。

その男の人はたぶん私の目の前に立っており、寝ている私にどこかイライラして、髪の毛を抜いて去ったんだろう。と、後になって想像を組み立ててみればみるほど気味が悪く、その髪の毛を使って呪いでもかけられるんじゃないかと、しばらく嫌な気持ちが続いた。

と、そんなことを思い出してしまったが、謎の男とアマゾン配達員の方を一緒に語るのは失礼な話だな。すみません！　私が配達の最新事情に疎かっただけです！

肘よどうした

1週間ほど前、ふと目が覚めたら肘がやけに痛かった。

酔ってどこかにぶつけたかしら、と思ったがそういう感じでもない。見た目はまったくいつも通り。

なのだけど、肘先に触れるとビリビリと電撃が走るように痛い。かばいながら動かしている分にはまだいいのだが、たまに油断して肘先をどこかにトンとぶつけたりすると、もう七転八倒の痛み。人前であろうと

「ギャー!!」と声が出てしまうほどだ。

なんなのか、これは。調べてもよくわからないので、その真相については今度病院で確かめるしかないとして、肘が痛いってけっこう不便だなと今、思っている。

もともと肘って全然痛くない。体の中でも頑丈な部分だからこそ「肘鉄をくらわす!」みたいに武器に使えもするんだろう。それに肘先の皮なんか爪を立ててつねりまくっても痛くもかゆくもない。むしろ自分は、ストレスがたまるとここの皮をちぎらんばかりにつねることもあるぐらいだ。痛くない上に、けっこうすっきりする。

そんな部分が今、私の体の中で最も敏感な部分になっている。寝る時、布団にガンって当たるだけでも例の激痛である。肘先の皮をつねっても痛くないのは以前のままなのだが、その近くの激痛部分に誤って触れると死ぬほど痛いので怖くてできない。かえってストレスを生む。

しかし痛みって本当に個人的なもので、伝えることが困難だ。例えば友達から「最近笑うとなぜか太ももが痛いんだよ」って言われても「ふーん、大変ね」としか思えないみたいに、なかなか共感されにくい。足の小指をぶつけるみたいなメジャーな痛みならまだしも、肘先の痛みって言われてもなーと自分でも思う。

でもだからこそ、この痛い肘先が、自分だけしかわかってやれないこの痛みが、愛おしくもあるように思えてきた。大丈夫だからね、と優しくさすってやる。

明日はきっと痛くなくなっているよ、となぐさめてやる。しかし翌朝もしっかりとめちゃくちゃ痛い。

なんなんだよ！ 病院行こう。

自分の動きはどこから来たのか

私は緊張した時、よく後頭部を右手で軽くさわる。その動きをするたびに、それが一時期親しかった友人がよくしていたのと同じ動作であることが意識されて、彼の顔が一瞬頭に浮かぶ。

仕草がうつったのだ。

彼のその動きを特段「いいな」と思った記憶はないのだが、何度も見ているうちにいつの間にかそれが自分にもうつり、会うことがなくなった今も私の中で繰り返されている。

表情もうつる気がする。

初めて付き合った彼女の表情の動かし方を今もマネしている自分に気がつく。とっくに会えなくなってしまった人だが、ちょっと困って眉をしかめるような顔をする時、「あ、またその人のマネをしている」と思う。

ある時、何かをしゃべる際に手を動かしたほうが言葉が出やすいことに気づいた。以来そうするのがクセなのだが、その手の動かし方も誰かのマネの寄せ集めだという気がする。

たまに飲みに行く友達の動きとか、ユーチューブで見た好きなラッパーの動きとか。テレビで見たお笑い芸人のマネも入っているかもしれない。もう元ネタがどれかもわからないけど、すべてがどこかから引用されたもので、それの集積が自分の動きになっていると思う。

言っていることや考えていることとは別に、仕草、表情、筋肉の動かし方などが人から人へ伝わっていくということがあると思う。そしてそれは一度受け取ってしまうと、体に刻まれたかのようになかなか消し去ることができず、無意識に繰り返される。

言ったことや考えたことは何かに記録されて後世に残ることがある。だけどそれに比べて、その人が何か言ったり考えたりする際に、どんな動きをしながらどんな表情で、どんな声の出し方で語ったかということはあまり残らない。

いや、これからの時代は、その対象が有名人であれば様々な映像がアーカイブされ、未来になっても掘り起こされるのかもしれない。

でも動き自体を標本みたいにしっかり留めておくことはできないから、やっぱりどうしても言葉よりは消えていきやすいと思う。

そんな風に消えていきやすいものが自分の体を通じて日々頻繁に繰り返されている。もう会わなくなった人々と交わした言葉が記憶からすっかり消えてしまった今でも、その人たちの動きや表情だけがまだ自分の中に残っているというのが不思議で仕方ない。

1個買ったらもうおしまい

1個買うと2個、3個とほしくなる。ということがある。

昨年の秋頃、メルカリでノースフェイスのウィンドブレーカーを買った。なるほど、風をかなり防いでくれるし撥水性も高い。着心地よし。外に出るのが楽しみになった。

そして外に出てみたら、同じようなのの別の色を着ている人がいた。俺が買ったのはベージュっぽい色で、見かけたのは黒だ。

あら、黒も黒でありだな。っていうかまずは黒を買っておくという手もあったな。黒って何色に合わせてもいいもんな。ベージュもいいんだけど、いや、黒だったかもしれん。などと思い出し、黒もほしくなってくる。

で、血眼になって安く出している出品者を探して黒も買う。

するとノースフェイスでも今度はもうちょっと分厚い、真冬でも着られそうなやつがほしくなってきて、そうなると町行く人の着てる別のやつが全部よさそうに思えてくる。

もちろんそんな色を買う金の余裕はない。

あーあ。最初から1個目を買わなければ、何も思わなかったのに。

ラーメンもそうで、「久しく外食してなかったぞ、今日はお店のうまいラーメンを食べてみよう」と思って食べに行くとやっぱりうまい。

うまいんだけど、「この味だったら別の『海老みそ味』っていうほうを試してみればよかったな」など、少しの後悔が残る。そして、「どうせ味噌ラーメンを食べるんだったらちょっと電車に乗って評判の店で食べてみてもよかったのかも」と思い始める。それで次の日、味噌ラーメンがうまいと評判の店にも行ってしまう。連日外食。なかなかの出費だ。

さらに驚いたことに、食べ終わった途端、今度は本場九州っぽいドがつくほどの豚骨ラーメンが食べたくなり始めていたりする。

最初から外でラーメンを食べなければ、こんなに立て続けにラーメンのことを考えなくて済んだのに。

何かを選ぶということは、選ばなかったたくさんの選択肢を眼前に浮かび上がらせることでもある。

何かを言うということが、言えなかった無数の言葉を脳裏によぎらせ、なんであの時それを言わなかったのかと後悔させる。

全部を言うことも、全部の店の全部の味のラーメンを食べることも、全シリーズ全色のウィンドブレーカーを着ることもできるわけないのに、なぜか渇望してしまう。

何かを選ぶことはまったく面倒だ。でももう後戻りできない。

風の歌を聴きました

「人間、嫌なことは忘れるようにできている」みたいなことをよく聞くが、残念ながら嫌なことをずっと覚えている性分である。

小学校の高学年になって、好きな女の子ができた。同じクラスの女の子だ。

その子とは同じ塾に通っていて、夜遅くなって一緒に（といっても2人っきりじゃなく塾に通うみんなでだが）帰ったりするのが「学校のやつらより俺のほうが距離近いぜ」みたいな感じで嬉しかった。

なにぶん私は奥手な人間なので、好きだからといって特に何か働きかけるでもなく、遠くから見ているだけであったが、とにかくいつも頭に血がのぼってフラフラになるほど強く「好きだ！」と念じるようにしていた。

そんなある日、驚くことがあった。放課後、私が校庭のブランコに乗っていたら、その子がどこからか現れ、隣のブランコに腰かけたではないか。

距離の近さにドキドキして頭が真っ白になりそうだったが、とりあえず前後に少し揺れたりしてなんとか「ブランコ楽しんでます」という感じを出すことに専念する私。

実際はほんの一瞬のことなのだろうけど、時が止まったかのように長い間に感じた。そして沈黙を破るように、その子が「ねえ」と言葉を発した。

「ん……!! 話しかけられた!!」と心臓が激しく鼓動する。どうすればいいのか必死に考えたのち、なんとか勇気を出して「なに?」と声を絞り出した。

するとその子はびっくりしたように「え? 何も言ってないけど?」と答えた。

どうやら私は思いが募るあまり、強く吹いた風の音をその子の声と聞き間違えてしまったようだった。

聞こえようのない声を聞く。独りよがりの失態である。「恥ずかしくて死にたい!」と思ったが、とりあえず無言でブランコを漕ぎ続けた。今もゾワゾワと背中に汗をかいたあの時の気持ちが忘れられない。

今でもその場面を思い出すたびに、自意識過剰ぶりに「ダセ～！」と恥ずかしくなるが、その子と2人でブランコに揺られていた時間が確かにあったんだなと思うと、なんだか不思議と悪い気はしないのだった。

眠気出してがんばろう！

眠い。私は本当にいつもいつも眠い。

完全に気が済むまでたっぷりと睡眠をとっていればそれからしばらくは眠くない時間が続くのだが、眠りが足りていない時はいつ眠くなってもおかしくない。

これは大きな会社などで集団社会生活を営むには不利なことである。朝の会議中ウトウトしてしまう、午前の仕事中もウトウトしてしまう、昼ご飯のあとはさらに眠い。そんな自分が情けないし嫌だと思ってもいるのだが、眠気には逆らえない。

人は8時間寝るのがベストとか、いや、8時間は長すぎで6時間がいいのだとか、色々と眠りに関する説がある。私もそういう情報があればとりあえず目を通してしまうぐらいには適度な睡眠というものが気になっている。でも身体的な能力が個人個人違うように、あくまでそれは大づかみな説であって、結局その人に必要な睡眠時間は人それぞれなんじゃないかと思う。

100メートルを何秒で走れるかが人によって違うように、どれぐらい寝たらすっきりするのかもそれぞれじゃないのだろうか。「お前100メートル15秒もかかるの？ うわ〜！おかしいだろそれ！ 社会人失格だろ！」とか言わないのと同じように、「あれだけ寝てまだ眠いのはおかしい」とか言うのもおかしなことである。

もっと自由に眠れる社会を実現したい。そのためにできることがあれば自分なりに尽力を惜しまないつもりである。眠いことは恥ずかしいことではない。体が求めているんだから。

たまに国会で寝てる議員に対してやいやい言う意見がある。私が死ぬほど嫌いな麻生太郎がよく国会中継で目を閉じたままジッとしているので「おい！ 寝てんじゃねえよ！」と思うんだが、そう思いつつ、心のどこかでは「確かに国会って超眠そう」とも思う。私が国会議員になったら絶対に寝てしまうだろう。ならないけど。

カフカの『城』という小説で、主人公に対して重要なことを話す人物が、いきなりものすごい量しゃべって、それが何ページも続き、やっと話が終わったと思ったら主人公がその話を途中から聞いておらず、寝ていたことがわかるという、面白い箇所がある。

それみたいに、小説でもアニメでも映画でもいいから、「俺はお前を絶対に許さねえ！　なんであんなことしたんだよ！　お前と俺は運命共同体、一生ずっと同じ目的のためにあきらめねえって！　おい！　そう誓ったよな！　ふざけんじゃねえよ！　なんでだよぉお!!」

「……（眠っている）」

みたいな場面が描かれてほしい。

激烈な感情に眠気が勝つ場面が見たい。勇気、根気、元気、そういったものと同じかそれ以上にみんなが眠気を大切にしてくれますように。

なにその能力！

中学時代の同級生に仲西君という人がいた。その頃の私はクラスの人気者たちから目をつけられてからかわれるのにおびえており、存在感をできる限り薄くして学校生活を送ることにしていた。物腰の柔らかい穏やかな友達と、教室の隅で静かに会話できればそれで十分だった。地味な友達と地味な私は地味な友情を深め合う日々を過ごしていたのだ。

その頃の貴重な友達の一人が仲西君である。仲西君は寡黙で、人前でギャグを言ったりなんて絶対にしない。クラスの人気者に媚びを売るようなこともせず、いつもキリッとした表情。何があろうと冷静沈着な雰囲気をキープしていた。

その落ち着いた感じが私は好きで、別の友達と「仲西君ってダンディだよな」「うん。ダンディだわ。ダンディ仲西だよ」とひそひそと噂し合い、その〝ダンディ仲西〟に少しずつ接近を試みた。勇気を出して話しかけてみると意外にも仲西君は気さくに応じてくれた。言葉数は少ないながら、ひと言ひと言が妙に味わい深い。向こうも私を面倒くさがっていなそうで、徐々に会話の量も増えていった。

そんなある日、なぜそのような話になったか思い出せないのだが、休み時間中に仲西君が「詩が書けるんだ」と言ってきた。「詩？」「うん。詩。歌の歌詞とかああいうの」「書けるの？」「書けるよ」「へ〜！　すぐ書けるの？」「今書けるよ」と、そんな風に言う。「寡黙でダンディな仲西君が詩を!?」と、私はそのギャップが飲み込めないでいたのだが、次の授業が始まると、近くの席に座っていた仲西君がノートの切れ端をこっそり渡してきた。

そこにはこんな言葉が並んでいた。

「駆け抜けるミッドナイト　テールランプの光　孤独な夜を切り裂いて　スピードを上げて闇に溶け込んで　欲しいものすべてここにあるのさ　この都会では誰もが偽善者　傷ついたハート隠しながら　振り返らずどこへ急ぐの　冷えたアスファルト　月夜に照らされて　誰もが本当は何か求めてる　見つからないまま　足早に過ぎるだけ」

驚いた。私はその切れ端の裏に「今書いたの？」と書いて仲西君にそっと返す。すると「今だよ」と返事。「何かの歌詞？」と返す。私は、仲西君が既存の曲の歌詞を暗記していてそれを書き写したのかと思ったのだ。しかし違うらしい。「もっと書ける？」と書いて渡すとしばらくしてこんな言葉の並んだ紙片が返ってきた。

「とまどい隠しながら見つめてる　うるんだ風になびく髪　横顔でささやくロンリネス　波の音が隠しきれない言葉つたえてる　この目にお前しか見えない　行方知れずの明日さえ　このまま時が止まると信じて　遠くで誰か鳴らすクラクション　都会の喧騒に夜がやってきて　それぞれの切なさ抱きしめてる　ムーンライトまたたく星　真っ赤なルージュ月明かりに濡れたまま」

なんなんだ！　どんどん出てくるぞ仲西君。それっぽい言葉の泉である。授業後に何度も確かめたのだが、決して仲西君が好きなバンドの歌詞を思い出して書いたりしたのではなく、こういうものがいくらでも頭に思い浮かぶんだそうだ。……なにその能力！

もう一つ「なにそれ！」と驚いたことがあるのを思い出した。それはもっとずっと最近のこと。数か月前に聞いた話だ。私のバンド仲間のミヤマ君が「サイゼリヤの間違い探し」を余裕でクリアできるという。

サイゼリヤはリーズナブルな価格帯で人気のイタリアンレストランのチェーン。いわゆるファミレスである。そのテーブルに置かれているキッズメニューの裏面で、間違い探しをして遊べるようになっているのだ。

子どもたちがサイゼリヤに親しみを持てるようにと2005年から始まったものだそうで、つまり子ども向けに作られた間違い探しなわけだが、大人でもかなり難しい。一見同じに見えるイラストが左右に2つ並んでいて、その絵の中に10か所の間違いがある。6か所ぐらいまでは見つかるけど、そこからが大変だ。全然見つからないのだ。

大人だけで行き、安いワインをガブガブ飲んで酔いながらこの間違い探しに熱中し、どうしても答えが見つからずにヒートアップしてワインがどんどん減っていく。そんな経験がある。

その難しい間違い探し、ミヤマ君はいとも簡単に10か所すべての間違いを見つけ出すことができるという。その方法を聞いたところ、本人がこう言っていた。

「まず、間違い探しの絵を顔に近づけんのよ! そんで、左の絵は左目、右の絵は右目で見えるようするじゃん? そしたら、左目で見てる左の絵と右目で見てる右の絵を、頭の中で真ん中に持ってくるのよ。そしたら重なるでしょ？　重ねたら、絵の中で違ってる部分だけがピロピロピロってなるから楽勝」

途中から何を言ってるのかどうしてもわからない。「頭の中で真ん中に持ってくる」ってなんだよ！　なにその能力！

除菌スプレーを除菌する

この文章を書いている今、新型コロナウイルスの感染が世界的に拡大中である。日本国内では「緊急事態宣言」が解除されたものの、私は今のところ引き続きできるだけ外出を控え、衛生面に注意を払って過ごしている。

とはいえ部屋の中にずっといては体がなまって仕方ないので、夕方になるといつも近所の川べりの公園まで散歩する。家から発泡酒を一缶だけ持っていき、誰もいない場所で少しの間だけマスクを外して飲む。飲み終えたらマスクをつけ、静かに家へ戻る。

ポケットの中にアルコール除菌液のミニスプレーボトルが入っていて、帰り道に念のためシュッシュッと両手に吹きかけてゴシゴシやって、「よしこれでOK」と思うのだが、あれ？ このボトルはそもそも清潔なんだっけ。このボトル自体を除菌したことはあっただろうか。ないかも。まあじゃあ、シュッシュッとやって除菌液で濡らした手でボトル自体を揉むというか、もうグリングリンやって、よし！ これでいいだろう。と、そのボトルをポケットにまた入れて、あ、このポケットの中はどうなんだ？ さっきまで除菌済みになってなかったボトルが入っていたポケットなわけだから、つまり未除菌なのか……？ 頭がこんがらがってきてキリがない。

この除菌液のボトルのように、綺麗にする役割を持つものが一番おろそかにされているということってないだろうか。

例えば風呂場のボディーソープのボトル。プッシュするだけで石けんが飛び出す便利で頼れるやつなのに、それ自体を毎日ちゃんと洗ってない。たまにボトルの底を触ったら水垢でぬるっとしていて驚く。

まだボトルはいいのだ。シャンプーのボトルだろうがリンスのボトルだろうが片っ端から石けんをつけて丸ごと洗ってやればサッパリする。

それに比べてかわいそうなのがシャワーの水が出てくる部分。シャワーヘッドというのだろうか。あいつなんか、自分が水を噴射してるくせに自分は水でしっかり洗われたことがないのでは。かわいそうだなと思って洗おうとすると、そいつ自身が水を出すわけだから難しくて「シャワーが2個必要だ」と思う。

同じようなことが他にもある。例えば居酒屋の店主に取材すると「私はちっともお酒が飲めないんです」という人が意外に多い。毎日大量のお酒を提供して客たちを幸せに酔わせている居酒屋の店主が酒を飲めない。「もし飲めたとしても酔っ払ったら仕事になりませんからね。お客さんが飲んでるのをうらやましそうに見てるだけっていうのも辛いでしょう。ですから居酒屋をやってる人でまったくお酒飲めないっていうのはけっこう多いんですよ」と。なるほど確かに、酒が好きで仕事中に酒を飲んでしまったらお客さんに適切に酒が出せなくなるわけである。

サッカーの監督はどうだろう。サッカーの監督の多くはもともと自身がプレーヤーだ。それが監督になるぐらいだから猛烈にサッカーが好きなのに、試合を見守っていてサッカーしたくならないんだろうか。飛び出していってシュートしたくなる時があっても我慢しなくてはいけない。

物事の根源的なものは、根源的であるがゆえに根源から遠い場所に置かれがちだ。まあだから……除菌スプレーボトルの除菌も忘れないようにしよう。

決闘！ 小型犬と私

フェリーに乗って伊豆大島へ旅したことが何度かある。ＪＲ山手線の浜松町駅からほど近い竹芝桟橋というところにフェリーの乗り場があり、夜22時頃に乗船すると翌朝の6時過ぎに島に着く。夜のフェリーで缶ビールを飲んで海を見つめるだけでどこまでもテンションがあがり、その最高の気分を味わいたいがために友達を誘って船旅を重ねていた。

ある時、会社の同僚と私の2人で島へ渡ったことがあった。船上で過ごす夜の時間が楽しくて、眠る間を惜しんで話し続けた。朝になって島にたどり着くと、当然ものすごく眠い。朝早くからオープンしている温泉施設の休憩所で横になり、それでもまだ眠気がとれない。港の近くで宿を探し、チェックインするなりもう一眠りだ。

伊豆大島には三原山という活火山がある。というかその活火山によってできた島こそが伊豆大島なわけだが、レンタサイクルやレンタルバイクに乗って火山のふもとの威容を見てまわってもいいし、海を眺めてもいい……と、とにかく色々見どころはあるのだが、私たちは贅沢に惰眠をむさぼっていた。

ようやく眠りから覚めた私は、まだ寝息を立てている同僚をそのままに近所を散策してみることにした。外に出ればもう夕暮れ時だ。今日はもうどこかの店で食事を済ませて部屋でビールでも飲んで終わりかな、それもいいかと考えつつ宿の周囲を歩いた。どっちへ行けば海が見えるだろうかと適当に歩き、来た道を引き返そうとして驚いた。

犬がこっちを見ている。それほど大きな犬ではない。パグだ。クシャッとした顔の小型犬である。一般的には愛嬌のある犬種と認知されているのだろうが、しかしどうも様子が尋常ではない。私から少しも視線を外すことなく、かといって吠え立てるでもなく、姿勢を低くして殺気をみなぎらせている。野犬なのか？「これは、やられるかもしれん」と思った。体の大きさこそこちらが有利に思えるが、弾丸のような突進力で来られたらどうだろう。しかも相手には噛む力も備わっている。勢いで突っ込み、私が倒れたところで頸動脈をガブリ。一瞬で勝負は終わる。かといって背を向けて走り出せば追いかけられること間違いなし。しかもどの方向へ逃げればいいかという土地勘もない……。

私はゾッとしながらどう動くべきかを必死で考えていた。背中に汗が噴き出すのがわかる。するとその犬はさらに姿勢を低くし、左右に小刻みに揺れ始めた。動物が獲物に飛びかかる直前に見せる動きである。私は実家で猫を飼っていたのでわかる。この揺れが来たらもう突進してくるに違いない。ヤバい、本気で戦うことになる。武器になるようなものはない。こぶしで犬の顔を殴りつけるしかないが、そんなことできるんだろうか……。

と、次の瞬間、その犬の飼い主らしき男性が視界の端から急に現れた。

「ほらミッキ〜！　どうしたどうした、はいはい。お座りお座り」

その声を聞くやいなや、犬は甘えん坊状態となり飼い主にしなだれかかった。

危なかった……。飼い主の登場があと1分遅ければ、私はあいつにやられていたはずだ。改めて見たその犬は、さっきまでの脳内イメージよりもふた回りぐらい小さく見えたけど、私にとっては紛れもなく生死をかけた勝負の一瞬だった。

飼い主に軽く会釈しながら宿へと戻り、玄関の自販機で缶ビールを買って同僚が目覚めるのを待った。

起きあがるなり「さっき散歩してたら野犬に襲い掛かられそうになっちゃってさ！」とまくしたてられた同僚の頭にはどんな犬の姿が浮かべられていただろうか。

今となっては知るよしもないが、少なくともパグではないはずである。

突如ほとばしる情熱

できる限り毎日を平常運転で続けていきたい私は、声を荒げて激昂したり、涙で枕を濡らすようなことから距離をおきたいと考えている。日々が平穏であればいい。

そんな風に暮らしてきたから、「ほとばしる情熱」「抑えられない衝動」「岩をも砕く意志」といったようなものが欠けている。だが、欠けているからこそ、そういった強い思いが自分の中に生まれた時のことはいつまでも憶えている。なんせ、そんなことは人生の中で数えられるほどしかないのだ。

高校時代、自分の家に入りびたっている友達が数人いて、いつもゲームをして遊んでいた。スーパーファミコンのプロレスゲームが私たちのお気に入りで、いつも飽きずにそればかりやっていたのだが、このゲームがやけに上手なやつが1人いた。そいつにだけは絶対に勝てない。一応ゲームの持ち主は自分なので、そいつが帰ったあとに1人で練習するのだが歯が立たない。それでもいつもなら「また負けた〜！ もう1回頼む！」と、悔しい気持ちを笑って隠しつつ再戦を挑めるのだったが、ある日、自分でも不思議なぐらいに荒々しい気持ちが噴出した。試合にまたも負けた私は本体の電源をバチッとオフにして立ち上がり、そいつに向かって「もう……バカッ!!」と大声で叫んだのである。

友達はびっくりして「はは……え、なに？　なに？」みたいに困っていた。私は小刻みに震えていたかもしれない。気まずい空気が流れ「じゃ、そろそろ帰るわ」と、その日はそれでお開きになった。しかし、翌日になると友達は家にやってきて、いつものようにコテンパンに私を負かす。私は私でそんな風に感情が爆発したのはその時のたった1回限りで、平然と同じゲームで遊び続けた。

それよりもう少し前、確か中学生の頃、両親の生まれ故郷である山形に家族みんなで帰省した。私は母方の祖母が好きだった。何ごとにもドッシリ構え「差し支えないっだな、だいじょうぶだぁ」と肯定してくれる祖母。いつも私を近所の神社へと散歩に誘い、こっそりとお小遣いの入ったポチ袋を手渡してくれる。「ちょっとばりな。ほれ、カバンさしまっとけぇ」と。いつも穏やかで親戚みんなから愛されていた。

その日の昼下がり、ご飯が終わってひと息ついた時間のことだった。祖母と私は親戚の家の2階にあった祖母の部屋でくつろいでいた。テレビを見て笑っている祖母の背中を眺めていたら、突如として情熱がほとばしったのである。

私は祖母に向かい「この先この家がどんなに貧しくなってもおばあちゃんのことは俺がなんとかするよ！」と言い、その勢いで階段を降りて外に飛び出した。自分でもなんでいきなりそんなことを言い放ったのかわからない。

しばらく頭を冷やしてから戻り、親戚一同での賑やかな夕飯となったのだが、その途中で祖母が「ナオくんからさっき言われたっけ。この家が貧乏になってもなんとかしてくれんだとぉ」とさっきのセリフをみんなの前でリピートし、一同大笑い。親戚の家に遊びに来ておいて「この家がどんなに貧乏になっても」って失礼！　そして「なんとかする！」って、中学生が一体どうやって⁉

思い出すたびに青臭い情熱だったと恥ずかしいのだが、我が人生における貴重な場面なので、いつまでも忘れられない。

ひと夏の体験

もう十数年も前のことになるが、男3人で10日間ほど奄美大島に滞在したことがある。私の友人の親戚が奄美大島に別荘を持っており、その建物を自由に使っていいという。

行ってみると、しばらく手入れがされていないためオンボロ感のある別荘ではあったが、部屋も5つぐらいあり、3人で過ごすには余りあるほどのスペースだった。

奄美大島での日々はほとんど海で泳ぐことに費やした。他にすることがなかったというのもあるが、とにかく海が綺麗で、シュノーケルをつけて潜っていると色鮮やかな海の生き物たちをこれでもかというほど見ることができ、まったく飽きないのであった。

日が沈んだらとにかく酒を飲む。庭先で肉などを焼いて食べる。

3人ともどちらかというと、いや、どちらかというとじゃなく、誰が見ても冴えない風体で、私だけが少し年上であとの2人は20代前半だった。2人はまだ女性と交際したことがなく、しかし年頃ということもあって性に対する興味は猛烈にあり、毎晩のように女性の体はどうなっているのかということを私に聞いてくるのであった。

私は私で酒に酔い、少ない経験を頼りに、ああなってこうなってとできる限り2人に解説する。2人がふんふん頷きながら真剣に耳を傾ける。そんなしょうもない夜が延々続いた。

そうこうするうち、旅の後半から男たちが妙な熱気を帯びてきたというか、若い2人が「俺は！ この島を去るまでに絶対に女性に声をかけるよ！」「そうだな！ 絶対に！」みたいに盛り上がってきた。いつものように海に行っても、女性を見ると「どうする!? 誰が先陣をきる？」と、ソワソワしっぱなしなのである。

しかし話しかけるといったって、一体何の話題があるんだ？ という話だ。私も含め、そもそも気軽に女性に話しかけられるような勇気が欠けているのだ。そしてなんとかひと言目が口から出たとして、その後を続ける話術もないだろう。

そんなわけで、「女性に話しかけたい！」という強い思いを抱えたまま、時間だけが過ぎていった。

その間、私が夜の堤防で足を踏み外して落

下し、膝をめちゃくちゃにケガしたり、誰かが初日に部屋の隅に置き忘れたままだった塩辛が島の暑さで強烈な臭気を放ち、誰も家に入れなくなる、などといったどうでもいい事件がいくつか起きた。

いよいよ今日が島で過ごす最後の日、というタイミングになり、いつものように海辺でダラダラしていると、若い3人組の女性がビーチに現れた。みな水着姿ではしゃいでいる。キラキラとまぶしい姿である。

私たちは追い込まれた。

「このチャンスを逃したらもう終わりだ！」

そこで3人は駐車場のほうへ移動し、作戦会議をした。1時間ぐらい話し合ったが、これといったアイデアは思い浮かばず、ジャンケンをした結果、負けた友人がいよいよ声をかけることになった。友人が苦心の末に選んだのは女性にカメラを渡して「写真撮ってください」とお願いするという作戦だった。

「作戦」というか、本当にただ言葉を交わすだけの行為。まあそれでも立派なコミュニケーションではある。私たちは、何か声を発し、それが相手に伝わればもうそれで満足という状態だったのである。

かなり長いことためらったのち、友人が

女性の1人に勇気を出して駆け寄り、「あの、写真撮ってもらっていいですか？……僕たちの」と言った。

女性は「あ、いいですよ」と応じてくれた。

海をバックに男3人で整列。

水着姿の女性は腰にタオルを巻いていたのだが、「じゃあ撮りますね〜！　はい、チーズ！」と言った瞬間に、そのタオルがはらりと落ちた。

我々は「ありがとうございます！」と言ってカメラを受け取り、あとはひと言も発することなく、隅のほうで着替えをして浜を去った。

別荘に戻り、酒を飲み始めると、友人が耐えかねたように「タオル、落ちたなぁ」とつぶやいた。そして「うん、タオル落ちたよ。……あんなことが起きるなんてな」ともう1人が言った。

いまだに時おり、あの「はい、チーズ！」の永遠のような数秒間を思い出す。青い海と島のまとわりつくような湿気の記憶と一緒に。

私はそこからこのようなことを学んだ。

奇跡は起こる、ただしとても小さな形で。

あとがき

本書に収められた文章は、大阪にあるミニコミ専門書店「シカク」が不定期に配信しているメールマガジンの中に書かれたものだ。

私はそのシカクという書店でかれこれ5年以上アルバイトをさせてもらっている。東京から大阪に引っ越してきた直後で、大阪の地理に疎く、知り合いもほとんどいないような状況でシカクに出会い、仕事と居場所をもらえたのには大変救われた。

ある時、店の商品を紹介するメールマガジンの制作を私が担当することになり、商品紹介だけでは味気ないというので私のコラムコーナーを作ることになった。「何を書いてもいい」と言われ、フォークシンガーの高田渡がぼそぼそと歌うようなイメージで日々の〝ぼやき〟を綴ることにした。「編集長・鈴木のぼやき」という名前で始まったそのコーナーに最初に文章を書いたのが2015年初頭のこと。内容はいつもてんでばらばらで、〝ぼやき〟とは呼べないようなものもある。

メルマガを書くのはいつも店番の合間だったから、コラムに書くテーマに困った。「ちょっと外を散歩していいですか？ ぼやくことが思い浮かばないんで」と妙な理由で休憩をもらい、その辺をうろうろして考えることも多かった。だからまあ、ふらふらした内容で当然なのである。

数年後、これまでに書いたコラムを集め、『ぼやきの地平』というタイトルの冊子にしてシカクで販売することになった。店にあった裁断機でざっくり切った紙を製本テープでラフに留めただけの簡素なもので、めくったページがポロッと外れてしまうようなものだったが、店番をしているとたまにそれを購入してくれるお客さんがおり、嬉しかった。

その『ぼやきの地平』に悪夢のワンシーンのような魅力的なイラストの数々を寄せてくださったのがイラストレーターの後藤徹也さんで、その絵は本書にも引き続き掲載させていただいている。一度『ぼやきの地平』として冊子の形にしてあったものにそれ以降のコラムも加えて改めて本にしようと提案してくださったのはシカクの代表・たけしげみゆきさん、スタッフの逢根あまみさん、おだ犬さんである。いつもシカクのみんなには頭が上がらない。また、近頃チモさんが素敵な表紙イラストを描いてくださった。本当にありがとうございます。

スズキナオ

1979年東京生まれ、大阪在住のフリーライター。WEBサイト『デイリーポータルZ』『QJWeb』『よみタイ』などを中心に執筆中。テクノバンド「チミドロ」のメンバーで、大阪・西九条のミニコミ書店「シカク」の広報担当も務める。著書に『深夜高速バスに100回ぐらい乗ってわかったこと』（スタンド・ブックス）、パリッコとの共著に『酒の穴』（シカク出版）、『椅子さえあればどこでも酒場 チェアリング入門』(ele-king books)、『"よむ"お酒』（イースト・プレス）がある。

酒ともやしと横になる私

2020年8月29日　初版発行
ISBN　978-4-909004-77-2 C0095

著　者　スズキナオ
編　集　たけしげみゆき
進　行　逢根あまみ
デザイン　尾々田賢治
装　丁　近頃チモ
挿　画　後藤徹也

印刷所　株式会社シナノ
発　行　シカク出版　大阪府大阪市此花区梅香1-6-13
http://uguilab.com/shikaku/
06-6225-7889　uguilab@gmail.com